河套四季

李鹏——著

远方出版社

图书在版编目（CIP）数据

河套四季/李鹏著. -- 呼和浩特： 远方出版社，2024.6

ISBN 978-7-5555-1929-4

Ⅰ. ①河… Ⅱ. ①李… Ⅲ. ①文艺－作品综合集－中国－当代 Ⅳ. ① I217.2

中国国家版本馆CIP数据核字（2023）第 215044 号

河套四季

HETAO SIJI

著　　者	李　鹏
责任编辑	王　叶
责任校对	李　婧
封面设计	李鸣真
版式设计	韩　芳
出版发行	远方出版社
社　　址	呼和浩特市乌兰察布东路666号　邮编010010
电　　话	（0471）2236473 总编室　2236460 发行部
经　　销	新华书店
印　　刷	巴彦淖尔日报印务有限公司
开　　本	880 毫米 ×1230 毫米　1/32
字　　数	100 千
印　　张	6.125
版　　次	2024 年 6 月第 1 版
印　　次	2024 年 6 月第 1 次印刷
标准书号	ISBN 978-7-5555-1929-4
定　　价	58.00 元

如发现印装质量问题，请与出版社联系调换

前言

春采甘露，夏携新雨，秋含风沙，冬化晴雪，一年四季，大美而不言。

天地有节，风雅中华。中国传统的二十四节气准确地反映了大自然的节律变化，是中华优秀传统文化的鲜明标识，被誉为"中国的第五大发明"。2016年11月30日，二十四节气被正式列入联合国教科文组织人类非物质文化遗产代表作名录。

二十四节气是中国古代订立的一种用来指导农事的补充历法，是反映气候和物候变化、判定农事季节的工具，影响着千家万户的衣食住行。它不仅是中国古代劳动人民长期经验的积累和智慧的结晶，更是中华儿女历经千百年的实践创造出来的宝贵科学遗产。

二十四节气最初是依据"斗转星移"来制定的，北斗七星循环旋转，斗柄顺时针旋转一圈为一个周期，谓之一"岁"。明末徐光启主编的《崇祯历书》，即现今确定"二十四节气"的《时宪历》中讲，古人采用以太阳在黄道上的位置为标准来确定二十四节气。此历法把太阳周年运动轨迹划分为二十四等份，每十五度为一等份，每一等份为一个节气，每个节气约半个月的时间，每个月包含两个节气。古人又根据月初、月中的日月运行位置和天气及动植物生长等自然现象和它们之间的变化关系，分别给每个等份取了个专有名称，这就是二十四节气。

二十四节气以春分点为零度起点，但排序上仍把立春列为首位，始于立春，终于大寒，周而往复。二十四节气不是按照固定日期来划分的，而是根据太阳在轨道上运行的位置进行判定，比如太阳光直射赤道零度之日为春分，然后北移，直射北回归线之日为夏至，再南移，直射南回归线之日则为冬至。地球绕太阳公转形成了斗转星移，所以依据北斗星循环旋转确定节气与依据黄经度数确定节气在交节时间上是基本相符的。

二十四节气的形成据说起源于夏朝，在黄河流域逐渐发展完善。当时古人发现气候是在变化的，他们通过观察天象、物象、天时和天文的不同特点，来判断每个节气大概的样子和变化的情况，逐渐总结出了用于农耕的二十四节气，形成了反映自然变化、气候变化的一套科学体系，成为黄河文明的重要组成部分。

节气的"节"字，本义是竹子或草木茎分枝长叶的部分，后引申指物体的分段或两段之间连接的部分，用于节气一词，则表示时间的等分。而"气"指的是气候，是天气变化的统称。两个字合起来就是指一年当中某个阶段的天气变化，是古人根据每个时间段内特有的气候、物候现象及农事活动定出的名称。

西汉汉武帝时期，采用"圭表测影法"测定日影的长度。日影最长之日为冬至日，又将冬至与下一个冬至之间的日期平分为十二等份，称为"中气"，分别有雨水、春分、谷雨、小满、夏至、大暑、处暑、秋分、霜降、小雪、冬至、大寒十二中气。再把相邻"中气"之间的时间等分，称为"节气"，包括立春、惊蛰、清明、立夏、芒种、小暑、立秋、白露、寒露、立冬、大雪、小寒十二节气。现在人们把"中气"和"节气"统称为"节气"，即"二十四节气"。

河套地区一年四季分明，节气特点明显，是北方重要的农业区。本书作者大学毕业后在河套地区的农村生活、工作近二十年，通过长期对河套地区自然环境的观察和思考以及对自然规律和四季变化的所感所悟，针对每个节气，用自创的一首诗词、一篇千字散文和对应的摄影作品，来表现北方地区特别是河套地区在季节变化中的自然之美和和谐之美。

四季往复不休，万物因气相连，气绕物而生气韵，物在气韵中而具神韵。人类活动在大自然中，与天地万物在相互依存、相互协调、相互促进中和谐发展。本书写作的目的就是想通过介绍春夏秋冬四季、二十四节气以及七十二候的基本特征和基础常识，通过对每个节气里河套地区不同的气候和自然特点的描述，把河套人民的勤劳朴实和对大自然的热爱表现出来，讴歌新时代祖国山川的美好和人民的幸福！

二十四节气是中华优秀传统文化的鲜明标识，体现着古人顺天应时的思想智慧，让我们走进《河套四季》，来体会万物生长、时序流转，了解河套地区独特的自然之美，感受传统文化的深厚底蕴与时代魅力。

目 录

美

四季分明的河套地区 /3

水润河套 /9

风吹河套 /17

河套二十四节气歌 /22

春

河套的春天 /25

立春——岁首迎新，开启四季 /28

雨水——春风化雨，万物萌动 /33

惊蛰——万物出于震，天地生明媚　／38

春分——春暖花开，喜燕归来　／43

清明——春和日丽，气清景明　／51

谷雨——霜断青草绿，雨润百谷生　／58

夏

河套的夏天　／65

立夏——夏花灿烂，万物并秀　／70

小满——小得盈满，守望幸福　／76

芒种——芒种至，盛夏始　／81

夏至——夏日悠长，绿意盎然　／87

小暑——小暑至，夏日长　／92

大暑——暑泽天地，护佑生命　／97

秋

河套的秋天　／107

立秋——凉风徐来，一叶知秋　／111

处暑——暑气止，秋意浓　／116

白露——天苍茫，雁何往　／122

秋分——寒暑平分，秋色生香　／127

寒露——袅袅凉风动，凄凄寒露凝　／132

霜降——从容向晚，微笑向寒　／137

冬

河套的冬天　／145

立冬——水始冰，万物藏　／149

小雪——初雪飘落，天地清雅　／154

大雪——千里冰封，万里雪飘　／159

冬至——通达天地，遥望春天　／164

小寒——寒气潇潇，春意悄悄　／170

大寒——寒极迎春，四季落幕　／176

后记　／183

河套四时皆成趣

扫码转动季节的轮盘

夏 四时画卷
河套四季风采各异，掌上图集随心翻阅。

春 四时之音
声音传情四季留声，配套有声书静心收听。

秋 节气解码
季节流转风物成诗，深入探索中华节气之美。

冬 天赋河套
河套从来是福乡，天时地利人和缺一不可。

四时之音
四时画卷
节气解码
天赋河套

微信扫码

四季分明的河套地区

"河套"的称谓,是从明代以后开始的。明代天顺年间,文献中出现了"河套"一词,《明史》记载:"大河三面环之,所谓河套也。"清代杨江在《河套图考》中曰:"河套之名,主形胜也,辟河以绳,所套之地也。"史前时期大约3.5万年前,河套人就在这片土地上繁衍生息,阴山岩刻提供了很好的佐证。

历史上,广义的河套实际上涵盖了贺兰山以东,阴山以南,吕梁山以西,明长城以北的地区,这是明清时期河套最初的范围,总面积达20多万平方千米。以现今的行政区划,属于宁夏境内贺兰山以东沿河平原,位于河套西部,俗称"西套"。巴彦淖尔市、鄂尔多斯市、包头市全境和呼和浩特市的土默川平原，居河套东部，俗称"东套"。河套东部又以乌拉山为界，乌拉山以东包头市、呼和浩特市的土默川平原被称为"前套"，乌拉山以西称"后套"。如今，"西套""前套"之称已经被宁夏平原和土默川平原所取代。

狭义的河套则是仅限于广义河套的一部分，也就是如今的巴彦淖尔市磴口县巴彦高勒镇以东，乌拉特前旗西山咀镇以西，临河区狼山镇以南，黄河以北的后套平原。以今天的行政区划看，包括巴彦淖尔市的磴口县、五原县、临河区、杭锦后旗以及乌拉特前、中、后三个旗的山前地区，也就是人们俗称的"后套"。现在大家普遍认为的河套地区就是指这一区域。如今"河套"从地理名称变成了行政区域名称，更能体现出这一地区的专属特性。

关于河套地区的地理特征。

河套地区地处中温带，深居大陆内部，受东南暖湿季风影响较弱，受西北干冷季风影响较强，气候寒冷干燥，多风沙。自然植被多以荒漠、半荒漠草原为主。处在农作物的黄金种植带，地理位置优越，海拔900～1200米，位于北纬40°13′～42°28′，东经105°12′～109°53′。河套地区处于"地球的金项链"之上，属于温带气候类型，光、热、水、土资源配置优势突出。总面积6.5万平方千米，山前

河套四季

丰收在望

为洪积平原，占总面积的1/4，其他为黄河沿岸的冲积平原，宜农宜牧。总人口为166.92万人，其中农业人口为99万人，占总人口比重的59.31%。在数万年前这里已经是古人类繁衍生息的沃土，也是不同历史时期民族融合的地区之一，这彰显了河套地区独特的区位优势。

孕育中华文明的母亲河——黄河在此蜿蜒而过，黄河流经河套地区345千米，河套地区正处在黄河的"几字弯"上。更为难得的是，河套地区地势由西南向东北倾斜，而黄河又位于河套南边，这就为自流灌溉提供了天然便利的条件。河

5

套灌区是黄河流域最大的灌区,是我国三个特大型灌区之一,年引黄河水量50亿立方米左右,是亚洲最大的一首制自流引水灌区。灌区内灌排水系统完善,水资源丰沛,灌溉水质非常适合农作物需要。河套地区地势平坦,具备农作物的生长条件。土壤以壤质土为主,土层深厚,肥力较高,土质洁净,表层土壤87%属于A类土壤,农作物一年一熟,许多农产品符合我国绿色农产品标准。这里是内蒙古乃至全国重要的农业生产区和商品粮生产基地。2022年初,河套地区被国务院纳入国家农业高新技术产业示范区。

关于河套地区的气候特点。

河套地区属大陆性气候,昼夜温差大,日照时间长,光照资源丰富,太阳辐射强烈,气候相对干燥,这些自然条件十分有利于农作物营养物质的积累和减少病虫害的发生。年日照时长3200~3400小时,平均无霜期为130天,大部分地区年降雨量150~400毫米,自西向东逐渐增多,雨热同季,年总辐射量627千焦耳/平方厘米。具体有以下几个特点:

一是气温有明显的季节性差异。夏季温度最高,冬季最低。近年来河套地区年平均气温为10℃左右,大于10℃的有效积温为2900~3000小时,而且气温呈上升趋势。昼夜温差大,达到14℃~18℃,光合作用强,有利于干物质的形成,具备发展绿色有机农畜产品输出地的资源禀赋优势。

二是降水有明显季节性差异。河套地区全年降水主要集中在夏季，年均降水量为171.8毫米，年降水天数为42天，相比周边地区降水较少，近年来呈现较弱的增长趋势。

三是日照时间长。这里的日照时数夏季最多、冬季最少，近年来年均日照时数为3073个小时，且呈减少趋势，西部日照时数较东部多。

四是风速大。河套地区受季风影响，春天和秋天风沙大，风速在夏季偏大，冬季偏小，年平均风速约为2.9米/秒。

关于河套地区独具特色的文化。

河套文化源远流长、丰富多彩，与中华民族文化血脉相连。河套文化是河套地区长期发展形成的独具特色的文化，是黄河文化和草原文化的重要组成部分，是中国北方文化中的瑰宝，是人类发展史上农耕文明与游牧文明融合的代表之一，具有草原文化与农耕文化碰撞交融的独特的文化特征和强烈的文化包容性，是中华文明发展史上一个重要的组成部分。

数万年前，我们的祖先就在这里繁衍生息，辛勤耕耘，这里不仅是游牧民族青睐的天然牧场，也是农耕民族刀耕火种的千里沃野，在农耕与畜牧交织辉映的悠久历程中，各族人民创造了光辉灿烂的河套文化。河套文化由阴山、草原、战争、移民、黄河等人文自然元素组成,是由边塞文化、黄河文化、草原文化和农耕文化等多种文化在河套地区不断交融而形成的。河套文化海纳百川,兼收并蓄,是多民族、多文化的融合,具有鲜明的地域特点和民族特色。

河套地区素有"塞上江南""草原水城""黄河明珠"和"塞外粮仓"之美誉,河套文化已成为巴彦淖尔市一张亮丽的名片、一个响亮的代名词。河套文化的形成对于研究我国的北方军事史、乌拉特草原史、游牧定居史与垦殖发展史具有重要作用。

水润河套

  河套平原因黄河而来，因黄河而富。滚滚黄河奔流不息，孕育出丰饶的自然资源，滋养着世世代代的河套儿女。黄河水向东流经河套地区时受阴山山脉的阻隔，在这里拐了个"几字弯"，形成了适宜耕种、富庶一方的平原，这便是河套平原。聪明勤劳的河套祖先移民至此，傍河而居，以河为邻，繁衍生息，赓续发展，给我们留下了丰富灿烂的物质财富和精神文化，被一代代河套儿女传承下来，发扬光大。

  黄河润泽大地，最让河套人引以为傲的便是那颗镶嵌在黄河北岸的"塞外明珠"——乌梁素海。

  乌梁素海位于乌拉特前旗境内，是黄河流域最大的功能性湿地、全球荒漠半荒漠地区少见的大型草原湖泊，是全国八大淡水湖之一,水域面积293平方千米。湖区呈"半月形",仿佛是天上的半个月亮掉落而成。乌梁素海不仅承担着黄河水量调节、水质净化、防凌防汛等重要功能,还是中国重要的湿地,被称为黄河生态安全的"自然之肾",对维护生态平衡、保护物种的多样性具有举足轻重的作用。

今天的乌梁素海,烟波浩渺,翠苇摇曳,水榭楼台,鸟语花香。这里是鸟的世界、鱼的乐园,各种珍禽异鸟近200种、600多万只,鱼有20多个品种。乌梁素海既是全球八大鸟类迁徙路线之一的中亚路线的必经之地,也是亚洲北部重要的水鸟迁徙驿站和繁殖地,素有"中国疣鼻天鹅之乡"的美称。珍禽异鸟翱翔在波光潋滟、水天一色的湖面上,让人惊叹大自然的神奇美丽。我曾置身湖畔,饱览美景,一首七律《乌梁素海》油然而生:

黄河舞动育芬葩,熠熠明珠耀北涯。
绿野茫茫连碧水,娟娟秀色目无暇。
云飘雾绕戏鸿雁,苇院蒲城鸟恋家。
水榭楼台通九曲,飞舟伴月映朝霞。

2023年6月5日,山明水秀,风和日丽,习近平总书记来

碧波荡漾

到乌梁素海，了解当地山水林田湖草沙一体化保护和系统治理、促进生态环境恢复等情况，察看乌梁素海自然风貌和周边的生态环境。

习近平总书记强调，治理好乌梁素海流域，对于保障我国北方生态安全具有十分重要的意义。乌梁素海治理和保护的方向是明确的，要用心治理、精心呵护，一以贯之、久久为功，守护好这颗"塞外明珠"，为子孙后代留下一个山青、水秀、空气新的美丽家园。

河套四季

殷殷嘱托,真切期望。总书记的话语像黄河水滋润河套大地一样流进了每个河套人的心坎里,乌梁素海今后的发展方向更加明确,发展信心更加坚定,发展举措更加清晰,河套人民一定会按照总书记的要求把乌梁素海治理得更好,呵护得更美,乌梁素海的明天一定会绽放出更加璀璨的光芒。怀着激动的心情,我写下了《总书记来到乌梁素海》这首歌词:

微风吹拂,鲜花盛开
湖水荡漾出千姿百态
青山举头望,长河在期待
总书记来到乌梁素海
你风尘仆仆,到群众中来
幸福把各民族的心灵灌溉

飞鸟欢歌,游鱼喝彩
芦苇摇曳敞开了胸怀
草原展英姿,人民多豪迈
总书记来到乌梁素海
你问寒问暖,与民心相连

美好把内蒙古的希望承载

你的恩泽深如海
你的温情似天籁
你殷切的嘱托，你深深的爱
塞外明珠，乌梁素海
一定会闪耀在长城内外

除了润泽大地的黄河，河套人还浓墨重彩地描绘二黄河。二黄河是一条人工挖掘出来的总干渠，它从河套最西边的磴口县三盛公黄河水利枢纽分流出来，一直和黄河并行东流至巴彦淖尔全境，在河套最东端的乌拉特前旗汇入黄河，全长230千米，浇灌着河套地区1120万亩耕地，二黄河是目前为止黄河流域流量最大的人工开挖的输水渠道。

河套儿女把二黄河亲切地称为"母亲河"。

正是这条母亲河的养育，河套地区从根本上克服了水涝和水旱灾害，成为旱涝保丰收的农业生产区，建成了国家重要的商品粮油生产基地。这里的"天赋河套"品牌誉满全球，其中的"河套小麦"是我国优质面粉生产不可替代的稀缺资源；"河套向日葵"是国家农产品地理标志保护产品，

河套四季

千里沃野

河套葵花籽占到全国葵花籽炒货高端产品原料的60%以上；用高品质的河套番茄制成的番茄汁占到了我国出口番茄汁的60%以上；还有西瓜、蜜瓜、苹果梨等瓜果享誉全国，供不应求。这条母亲河的养育，给河套大地注入了澎湃力量，使其永续发展，成为引黄灌溉农业生产效益最为可观、发展最为深远的地区之一，成为人与自然长期和谐相处的典范，成为传承移民文化与黄河文明的楷模。2023年3月，二黄河成功入选全国"最美家乡河",成为河套人民的骄傲。

黄河润泽大地,河套地区也因此成为一个湖泊众多的美丽家园。市府的蒙古语名称"巴彦淖尔",意思是"富饶的湖泊",真是名副其实。这里的湖泊数不胜数,每个旗县都有湖泊,仅磴口一个县就有大小湖泊100多个,不愧为"百湖之乡"。纳林湖可谓磴口县的百湖之首,是内蒙古西部第二大淡水湖和国家级湿地公园,占地面积3万亩,湖泊湿地1.8万亩,这里山青水绿,波光熠熠,芦苇摇曳,水天一色,成为沙海中的一大奇观,不愧有"大漠明珠"之称。临河区的镜湖占地面积1200多亩,平静的湖水环抱在花草树木和农田之中,这里绿树成荫、芳草萋萋、鱼跃鸟飞、芦苇丛生,给人以美的享受。杭锦后旗的润昇湖,占地面积3000多亩,湖区青山绿水、景观亮丽,是一处环境幽静、秀美的好去处。五原县的天籁湖,占地面积4500亩,水面面积2833亩,这里春夏一片碧绿、秋冬芦花飞扬,不仅是鸟类的世外桃源,也是人们理想的旅游胜地。乌拉特中旗的牧羊海,则由多个海子组成,具有"孤鹜与落霞齐飞,秋水共长天一色"的美好意境……

正是在黄河水的滋润下,地处干旱地区的河套大地如今变得潮湿水润、农兴牧旺、人民幸福,成为西北内陆地区少有的水资源富集的好区域,成为农耕文明不断发展的好区域,成为人类宜居、宜业、宜游的好区域。在这里各种生态要素不断交汇融合,奇迹不断被创造,生机和活力不断显现:良田肥沃,森林茂盛,水草丰美,景色宜人,山水林田湖草沙成为一个生命共同体,到处可见人与自然的和谐,到处是画卷般的美景,幸福洋溢在每个河套儿女的脸上。

　　风雨多经人不老,关山初度路犹长。今天的河套人将把总书记视察巴彦淖尔的殷切嘱托转化为强大的精神动力,把家园建设得更加美好。在黄河水的涓涓润泽下,河套地区将无愧其"北方水城""塞上江南"的美称!无愧为祖国北疆的一道亮丽风景线!

风吹河套

河套地区是一个有风、多风的地方。这里一年四季都有风，但每个季节的风又各不相同，各有特点。春天的风轻柔，夏天的风绵软，秋天的风迅猛，冬天的风冷冽。正是这不同季节风格迥异的风陪伴着河套人走过了一天又一天，走过了一年又一年，走过了一辈又一辈，风吹走了过去，吹在今天，迎接着明天。河套人爱风，那是因为河套四季的风总能如人所愿，把河套大地吹得绚丽多姿、灿烂迷人。它能吹走冰霜，吹来春雨；吹走荒芜，吹来草绿；吹走单调，吹来花艳；吹走辛劳，吹来丰收。

风吹河套，吹着吹着，河套大地就爽朗了。那是经过一个漫长而沉寂的寒冬，春风悄悄吹动着河套灰蒙蒙的大地，吹动着冷冷的阴山，吹动着冬眠沉睡的黄河。初春的风带着些许寒冷，吹在人们的脸上像刀割一般痛，吹着吹着就变得柔和起来，温暖起来，人们开始喜欢微风吹在脸上的感觉了。春风吹到田野，麦粒慢慢地长出了绿芽，小草慢慢地钻出了土壤，树枝也伸着懒腰吐出了嫩芽。春风吹到山上，吹得阴山的巨石不那么冰冷了，吹得山上的松柏变得翠绿了，吹得山体的颜色变得柔和起来。春风吹到河上，吹着积雪开始融化，吹着冰面开始解封，长长的河流像一条巨龙横卧在河套大地上，在春风的吹拂下，涌动着、咆哮着、飞奔着，变得气势磅礴、波澜壮阔了。这时候的河套，天空变蓝了，大地变绿了，到处春意盎然、生机勃勃，充满了无限的希望。

风吹河套，吹着吹着，河套大地就绿意浓浓、五彩缤纷了。那是进入盛夏的茁壮生机，这时的风变得热起来，吹在人们脸上暖烘烘的。风召唤着雨，雨跟随着风，在河套大地上慷慨地飘洒，滋润着禾苗，滋润着树木，滋润着青草，植物进入了生长的旺盛季节，百花盛开，争奇斗艳，令人赏心悦目、神醉心往。而多余的雨水又顺着排干渠把土地里的盐碱都带走了，使得这里的土壤更加肥沃，加上独特的区域优势和自然条件，这里生产出了许多享誉中外的优质农产品。

河套四季

风吹花开

风吹麦浪

在盛夏时节，有时风也会偷个懒，找个地方躲起来，河套上空只留个炽烈的太阳照耀着、暴晒着，这时人们又期盼着风的到来，哪怕只是一丝微风拂面，也能感到无比的开心和满足。

风吹河套，吹着吹着，河套大地就更加色彩斑斓了。放眼秋天的沃野，到处是金黄和赤红的海洋，那是风吹的黄，那是风吹的红。那金子般的黄，黄得让人爱恋，黄得让人享受，黄得让人满足。这种黄是成熟的黄，是那一颗颗金黄金黄的蜜瓜，是那一望无际的金色麦浪，是那一堆堆金灿灿的玉米。赤红则是火一般的红，红得大方、红得热烈、红得耀眼，这种红是熟透了的红，是那树上一颗颗醉人的红枣；是那一串串沉甸甸的高粱；是那成片成片的火红的辣椒。是风吹来了丰硕的果实，吹得那么色彩迷人，吹得那么味美可口，让人看上一眼就不禁垂涎欲滴。转眼到了深秋，瑟瑟秋风吹走了河套上空弥漫的燥热高温，吹掉了树上的干枝枯叶，吹散了黄河水面的层层波浪，河套大地慢慢转凉了。

风吹河套，吹着吹着，还能把河套吹成白色的世界。进入冬季的风逐渐变得寒冷起来，那是西伯利亚的寒流随风而来，凛冽的寒风吹来了洁白晶莹的雪花，雪花时小时大，随风飘落，清洁净化着空气，防旱保墒，也给人们带来另一种美的享受。这是一种洁净的美，是一种纯真的美，是一种高傲的美，这是北方地区独特的美。冬季的风尽管寒冷，有时甚至刺骨难忍，可习惯了气候变化的河套人还是会穿上保暖的衣服，走出家门去参加冰雪运动。夏天的湖面此时变成了滑冰场，山坡变成了滑雪场，你看那些孩子们尽管小脸被风吹得红红的，小手也冻得冰凉，却玩得热火朝天，开心快乐。每年春节期间，冰雪运动不仅是河套人最喜爱的户外活动，也是人们迎接新年最红火热闹的一个节目。

风吹河套，吹出了河套的春夏秋冬，吹出了河套的多彩华章，吹出了一个美丽的黄河"几字弯"。

河套二十四节气歌

立春风雨来,惊蛰小虫见,
春分清明朗,播种谷雨前。
立夏悟小满,芒种难舒眠,
夏至小暑热,大暑麦开镰。
立秋暑渐远,白露雁南迁,
秋分凝寒露,霜降枝叶艳。
立冬飞小雪,大雪封河弯,
冬至数九日,寒天迎新年。

微信扫码
四时之音
四时画卷
节气解码
天赋河套

河套的春天

千里河开水亦寒,春风一夜绿阴山。
垂柳婀娜瑶池滟,桃李芳菲香满园。
湖浩渺,鸟翩跹,漫步原野醉心田。
欲寻天地春光好,早有大雁抢我先。

春江水暖鸭先知,黄河冰开雁归来。北归的大雁,早早地就把南方春的讯息捎了回来,阔别已久的大雁高兴地飞舞着、鸣叫着,它们肆无忌惮的欢呼声吵醒了冬眠的黄河,黄河伸了个长长的懒腰,流凌开始了,冰块的撞击声更是把鸟儿惊出了巢窝,蓝天上天鹅在翱翔舞蹈,百灵鸟自愿地做起了伴唱,喜鹊也发出欢快的赞美声。"春人饮春酒,春鸟弄春声"，鸟儿们在尽情地享受着明媚的春光，河套的春天成了它们的天堂。

河套的春天里有山，有河，还有田园。远方的阴山是这片沃土父亲般的脊梁，挡住了来自西伯利亚的寒流，让温暖来得更快了些。南边的黄河是这片沃土慈祥的母亲，她不辞辛劳，日夜兼程地奉献着一切，分支出无数的细流就像遍布人体的血管，孕育着河套平原春的生息，如诗如画的田园更是春天里一抹醉人的风光。

春风是河套春天的先行者，暖暖的春风如同美丽动人的少女，她悄悄地吹走了寒潮，吹走了冰霜，让大地慢慢变得暖和起来。她轻轻地吹拂着草场，那些充满无限希望的小草于是破土而出。她扬起那优雅飘逸的秀发，随心所欲地到处奔跑，涂涂画画，很快就把大地涂成了明艳艳的绿色。那是河套大地的底色，是主打色。然后她又把树叶和花朵画成五颜六色，那是散发着清香的颜色，整个河套大地变得和少女一样俊秀迷人。

春风的吹动也引来了春雷，河套大地的春雷就像年轻有为的小伙儿，他们个个强壮如牛、生龙活虎，整个冬季的养精蓄锐，早已让他们手心痒痒、跃跃欲试了。他们边走边唱，用高亢嘹亮的男高音，惊醒了大地，惊醒了河川，惊醒了万物,让犁铧在田野奏出欢快的交响曲,让河水在农田流淌出动听的旋律,让寂静的原野变得生机勃勃。

河套的春雨是慈爱的母亲,在春雷的催促下款款而来,她温柔如丝,像爱护自己的孩子一样爱护着庄稼。当麦田需要的时候,春雨会及时地毫不吝啬地滋润禾苗,一滴一滴,不急不缓,像是在朗诵一首绵长的抒情诗。春雨中洁白的杏花也静静地绽放,濡湿着赏花人干涸的心境,让他们的心灵逐渐滋润起来。雨后的天空变得更加明朗辽阔,田野变得更加翠绿清爽,河套平原一派春意盎然。

春天让河套大地焕发出新的生命,农民用辛勤的汗水换来了乡村的旖旎秀美;园艺工人用灵巧的双手栽出了城市的姹紫嫣红;孩子们用爽朗的笑声增添了人们的欢乐幸福——这是河套大地上一个崭新的春天,她和伟大祖国的春天一样,充满着无限的希望!

立春

推窗忽见东风吹,
方知冬去春已归。
冰河默默无声息,
却闻耕牛阵阵催。

岁首迎新，开启四季

　　立春为二十四节气之首，新一年岁首。"立"是开始的意思，"春"代表着温暖和生长。元吴澄撰写的《月令二十四候集解》中说："正月节，立，建始也……而春木之气始至，故谓之立也。"二十四节气最初是依据"斗转星移"来制定的，当北斗星斗柄指向寅位，太阳到达黄经315度时为立春，于每年公历2月3日至5日交节。立春，意味着新的气象轮回已经开启，万物起始，一切更生，所谓"一年之计在于春"。

　　"律回岁晚冰霜少，春到人间草木知。"立春又叫"打春"，是冬至数九后的第六个"九"的开端，所以有"春打六九头"之说。"五九六九沿河看柳"，人们在这个时节里

河套四季

春之萌

启新年

能够观察到微微的绿色。农谚说："立春雨水到，早起晚睡觉"，这是在提醒人们寒冬快结束了，要早些起来干活了。立春是从天文上来划分的，而在自然界、在人们的心目中，春意味着风和日丽、鸟语花香。在传统观念中，立春还有吉祥的含义。对于河套地区，立春只是进入春天的前奏，大地尚未复苏，还处于万物闭藏的冬天。从立春当日一直到立夏前这段时间，都被称为春天。

中国古人把每个节气的十五天平均分为三个阶段，俗称"三候"。立春节气的三候：初候东风解冻；二候蛰虫始振；三候鱼陟负冰。"初候东风解冻"，"冻结于冬，遇春风而解散"，意思是说春天的东风能够使冬天的冰层消融。"二候蛰虫始振"，"蛰，藏也；振，动也。密藏之虫，因气至，而皆苏动之矣。"意思是说，伏藏在地里的虫儿们感受到了春天的气息，开始活动起来了。"三候鱼陟负冰"则更为形象：河里的冰开始融化，鱼儿开始到水面上游动，此时水面上还有没完全融化的碎冰片，如同被鱼背负着一般浮在水面，充满了诗情画意。看着鱼儿在水面顶着浮冰游来游去，好像听到了残冰急速消融、破碎的声音，听到了水流奔涌的声音，听到了鱼儿鼓着两鳃欢快呼吸的声音。

河套大地的立春时节，冷意犹在，间或阵阵飞雪落下，但此时的雪是春雪，片片雪花带着"瑞雪兆丰年"的祥和；此时的寒是春寒，丝丝寒意挡不住一天更比一天浓的春色。用心感悟河套大地的立春，到处弥漫着春的气息，万物早已春意满满！我们这才体会到为什么立春会是春之始，是二十四节气新的轮回的开始。

"万物含新意，同欢圣日长"，在吟诵立春的诗句里，我最喜欢唐代诗人元稹的这句了。他道出了天地之变以及这种变化蕴含的力量和那无限的美好。

立春开启了新一轮的四季，开启了春天那动人心魄的力量，开启了新的生命的萌动。柔美的春天势不可当、磅礴登场。对于春天的到来，人们除了内心的喜悦，还会有几分敬畏和希冀。这种喜悦、敬畏和希冀大都是面对大地、面对自然、面对生命而生发的。

让我们抓住这个美好时节，不负春光！

雨水

寒风渐柔冰霜少,
劲草破土迎春晓。
喜雨点点农耕紧,
陌上又传朗朗笑。

春风化雨,万物萌动

雨水节气一般从公历的2月18日或19日开始,到3月4日或5日结束。此时,气温回升,冰雪消融,降水增多,故取名为雨水。雨水和谷雨、小满、小雪、大雪一样,是反映降水现象的节气。

《月令七十二候集解》中说:"正月中,天生一水。春始属木,然生木者必水也,故立春后继之雨水。且东风既解冻,则散而为雨矣。"意思是说,雨水节气,万物开始萌动,春天就要到了,春天开始的标志是草木的萌发,草木萌发主要靠的是水,而天空散落的水即是雨水。这正是"一夜春雨过,千畦尽成绿"。

进入雨水节气,北半球的日照时数和强度都在增加,来

河套四季

春回河套

冰雪消融

自海洋的暖湿空气开始活跃，并渐渐向北方挺进，虽然降雨量增多，但多为小雨或毛毛细雨，春雨对北方的农作物来说是很重要的，因此有"好雨知时节"的偏爱，又有"春雨贵如油"的吝啬。

古人把雨水节气分为三候：初候獭祭鱼；二候鸿雁北；三候草木萌动。"初候獭祭鱼"，意思是说河里的鱼儿开始跃上水面自由自在地游来游去，这却给活跃起来的水獭创造了机会，水獭能够很轻松地就捕到鱼，然后将鱼摆在岸边，一副"先祭后食"的样子。这个情形一方面说明自然界的弱肉强食、残酷无情，另一方面也充满了生命涌动和活力迸发的欢快，春天里的生命开始了新的历程。"二候鸿雁北"，"雁，知时之鸟，热归塞北，寒来江南，沙漠乃其居也。"北归的鸿雁在经历了近两个月的长途飞翔，终于回到了塞北故乡，河套地区本来就是鸿雁的故乡，久违的北归雁，从遥远的江南，穿越风雨，带来了春天的讯息，也带来了生命的希冀。归乡的鸿雁无比兴奋，它们时而振翅高飞，时而欢快地戏水嬉闹，时而又静静地浮于水面，它们的灵动充盈在天地之间，让河套大地融化在初春的仙境之中。"三候草木萌动"，"天地之气交而为泰，故草木萌生发动矣。""泰"是通的意思，由此可知三候是天地氤氲、化生万物的时节，经过冬去春来的漫长等待，这一刻，春来了，鸿雁回家了，天地由此而通，万物由此而生。

可是，那"草色遥看近却无"的早春景象，在河套地区还难得一见，大地的全面返青还有待时日；"胜日寻芳泗水滨，无边光景一时新"的美景还在逐渐孕育之中；"雨细杏花香"的娇柔秀美，还在为春天进入高潮做着铺垫。尽管如此，此时的河套大地到处都萌动着新的希望和美好的期待。

惊蛰

一声春雷天地动,
蛰虫三探露草丛。
杨柳新枝纵横展,
小溪举步绕苑中。

万物出于震，天地生明媚

惊蛰又称"启蛰"，标志着仲春的开始。斗指丁，太阳到达黄经345度，于公历3月5日至6日交节。《月令七十二候集解》曰："二月节，……万物出乎震，震为雷，故曰惊蛰。是蛰虫惊而出走矣。"惊蛰反映的是自然界的生物受节律变化影响而出现萌发生长的自然现象。一个"惊"字，把这个节气的特征表现得极其生动传神。正如白居易的《闻雷》："瘴地风霜早，温天气候催。穷冬不见雪，正月已闻雷。"这是春雷开始响起的时节，这是明媚阳光充溢天地的时节，这是万物初生充满期待的时节。此时的河套地区气温回暖，春雷乍动，蛰伏的虫儿钻出了地面，春风吹尽了边塞的残雪，雨水滋润着待放的花朵，天地间一片生机盎然。

河套四季

春之声

雷之震

这时河套地区也早早进入春耕季节，农民从春节的欢乐氛围中走了出来，开始备耕播种了。俗话说"一年之计在于春"，河套地区是国家重要的粮食产区，每年这个时候家家户户都已忙着整地施肥，开始播种小麦了。这里的农民对小麦种植有个说法，叫"种在冰上，收在火上"，意思是说小麦种子不怕寒冷，越早播种生命力越强，收成越好。河套地区由于土地肥沃，气候独特，水土光热组合优势显著，为农作物提供了得天独厚的生长环境。这里地处北纬40度农作物黄金种植带，日照时间长，昼夜温差大，加上黄河水自流灌溉的独特优势，非常适宜农作物的生长。另外，气象灾害和病虫害较全国属于偏少地区，有利于小麦产量和品质的形成。河套小麦已经成为世界三大优质小麦之一，其蛋白质、面筋含量高，粉质指标、拉伸指标、沉降值指标优良，被誉为"五项全能"冠军小麦，早已畅销海内外，产品供不应求。

惊蛰节气的三候：初候桃花始；二候黄鹂鸣；三候鹰化为鸠。"初候桃花始"，指的是桃花在此时绽放，是这个时节的花信，带动百花盛开。"桃花依旧笑春风"是这个节气最美的风景，结伴春游在乡间小路，看看春光照耀的明媚，看看小草初生的清新，看看桃花盛开的柔美，你就会慢慢读懂春之初万物复苏的生命的力量，还有这力量带来的信心和希望。"二候黄鹂鸣",黄鹂是在三月初出生的鸟儿,这个披着一身金衣的美丽小鸟,迎着春天的清新之气而来,"两个黄鹂鸣翠柳,一行白鹭上青天",黄鹂用动人的声音鸣唱,给整个春天带来了生机和活力。"三候鹰化为鸠",这是种神奇的物候现象。鸠,就是布谷鸟,也称大杜鹃,这种鸟与小型的鹰有着相似的外表,杜鹃、斑鸠和鹰都是迁徙类动物,于是古人以为春天的杜鹃、斑鸠是由秋天的老鹰变化而来的。我们姑且不去考证这一现象的真实性,但这个物种的变化现象已经阐明了一个重要的哲理:天地万物应气而变。一年四季气候的更迭,生发出万物的更新。

"雷动风行惊蛰户,天开地辟转鸿钧。"此时的鸿雁已从遥远的南方陆续归来,一群群飞舞的精灵让河套的春天变得生动而美丽,给大自然增添了无限的生机和美的神韵。你听,此时的河套地区到处都是悦耳的声音:

塞上听春

微风吹开冰河寒,大雁归乡鸟语欢。

阵阵春雷伴细雨,布谷声声天地间。

桃花枝头观鹊闹,杏下蚯蚓游泥田。

溪水相伴寻春色,却闻娘声催儿还。

春分

春分送暖寒暑平,
桃红柳绿布谷鸣。
河开莺歌传佳讯,
大雁北归寄我情。

春暖花开，喜燕归来

春分又称日中、日夜分、仲春之月，是一个平分春天的节气。在二十四节气中，春分和秋分是较早确立的重要节气。斗指壬，太阳到达黄经零度，于每年公历3月19日至22日交节。据《月令七十二候集解》曰："二月中，分者半也，此岁九十日之半，故谓之分。""春分者，阴阳相半也，故昼夜均而寒暑平。"春分的含义在于，一是指时间上白天和黑夜的划分，各平分为12个小时；二是古时以立春至立夏为春季，春分正当春季三个月之中，平分了春季。春分在天文学上也有着重要的意义，春分这天南北半球昼夜平分，自这天之后太阳直射位置继续由赤道向北半球推移，北半球各地白昼开始长于黑夜，南半球则相反。在气候上，也有比较明显的特征，春分之后我国除青藏高原、东北地区、西北地区和华北地区北部，均进入了明媚的春天。

春分时节的河套大地到处呈现出清新、亮丽和生机勃勃的景象，一切都刚刚好。这个阶段不长不短、不冷不热，寒退暖至而暑意尚远，天地万物是那般的和谐、自在和平衡，一切生命充盈在万物复苏的强烈喜悦之中。许多人会马上脱掉那厚重的衣服，换上轻装，一身轻松地走出家门，融入大自然美好的风光里，呼吸着沁人心脾的清新空气，欣赏着桃红梨白柳绿的千色万彩的醉人景色，感受大自然生命复苏那不可阻挡的向上生长的力量，或许这就是春分时节的最美之处了。

"好雨知时节，当春乃发生。随风潜入夜，润物细无声。"知性的春雨随着轻柔的春风绵绵洒向大地，河套的土壤已经完全解冻疏通，农业生产进入了繁忙阶段。

春分节气的三候：初候元鸟至；二候雷乃发声；三候始电。"初候元鸟至"，元鸟，即燕子，古代也称玄鸟。在我国的黄河流域，当燕子从南方飞回，春分时节便到了，北归的燕子带来了春风荡漾，带来了春暖花开，带来了风绿两岸，带来了天地万物的生机勃发。"二候雷乃发声"，到了3月26日左右便进入第二候，春雷平地起，雷震蛰虫，惊而出土。气象学表明从惊蛰这个时节起就开始有雷了，可是惊蛰节气的三候却是三个动植物，没有惊雷，为什么到了春分的二候才始有雷？那是因为惊蛰打雷虽然雷声大，但相伴的雨水少，而春分时节的雷雨天气就多了，因此可以说惊蛰的雷是唤醒万物的号令，而春分的雷才是万物复苏的开始。"三候始电"，古人观察到二候时只闻雷声而不见电光，到了三候就不一样了，此时天地变得更加温暖，电光也可观察到了。可见古人对大自然的观察是多么的精微，感悟是多么的深刻，真值得我们敬佩！

雷电伴着春雨，春风拂着春水，初生的杨柳新鲜嫩绿，在风雨中尽情舞蹈。正如宋代志南的《绝句》"沾衣欲湿杏花雨，吹面不寒杨柳风"所描绘的美景了。冰封了一个冬季的黄河此时也已全线开通，清澈的河面上偶尔可见漂浮的小冰块儿，黄河又恢复了往日的波涛汹涌，滚滚东流了。

黄河流经河套地区，通过堪称"万里黄河第一闸"的磴口县三盛公水利枢纽进入总干渠。20世纪50年代以前，黄河经常发生泛滥灾害，有历史记载的2000多年中，黄河下游发生决口泛滥1500多次，重要改道26次。那时的河套人，对黄河真是又爱又怨。中华人民共和国成立初期，初具规模的河套八大干渠都是直接从黄河引水，每年春季开河放水之后，

河套四季

不负春光

花开艳丽

渠里的水要一直流到秋后，等秋灌结束后再组织大量劳力去封堵河口，这就出现了取水用水的严重问题：枯水时，大小渠口向黄河争水，大强小弱，上优下劣，造成许多土地干旱歉收或绝收；水大时，洪水就会漫过渠堤，淹没良田沃土，形成洪涝灾害。而来年春季"放口"的时候，大量民工又要进入寒冷刺骨的冰水里，捞出上年秋天为封堵渠口填塞的麦草树枝及泥土，方能疏通放水，由此严重制约了农业和牧业的生产发展。有民谣为证："天旱引水难，水大流漫滩，耕地年年变，荒草长满田。"减少水旱灾害，从根本上提高灌区灌排能力，成了河套人心中的一个强烈愿望。

1952年10月，毛泽东视察黄河后，发出了"要把黄河的事情办好"的伟大号召。1955年7月，第一届全国人民代表大会第二次会议正式通过《关于根治黄河水害和开发黄河水利的综合规划的决议》，其中就包括兴建三盛公水利枢纽工程，开挖总干渠，大力发展河套水利事业等大型建设项目。河套地区15万人民群众从1958年开始历时9年时间，发扬愚公移山、艰苦奋斗的大无畏精神，硬是用一揪一担人工开挖出一条长达230千米的人工河，这里的人们称这条河为"二黄河"。黄河水正是先流入二黄河，再流向河套大地上纵横交错的干、支、斗、农、毛渠构成的五级渠系，灌溉着这片丰饶的八百里平川，养育着勤劳奋进的160多万河套儿女。现在的二黄河已经成为河套人生命中不可或缺的重要组成部分，成为老百姓家乡的母亲河：

> 你从黄河滚滚来，大地的召唤
> 只为梦中的那个她
> 绘出了秀美几字弯
> 杨柳依依哟，百鸟舞蹁跹
> 虹桥飞跨哟，龙舟击波澜
>
> 哗啦啦，二黄河，二黄河
> 家乡的母亲河
> 万人开河天下先
> 千年戈壁变良田
> 你是黄河文明的奇迹
> 你是河套儿女生命的摇篮
>
> 你绕乡村慢慢走，润泽在田间
> 只为幸福的那个她
> 育成了塞上米粮川

河套四季

　　麦苗菁菁哟，翠绿满河畔
　　葵花朵朵哟，金黄印蓝天

　　哗啦啦，二黄河，二黄河
　　家乡的母亲河
　　万人开河天下先
　　千年戈壁变良田
　　你是黄河文明的奇迹
　　你是河套儿女生命的摇篮

清明

清风逐浪水长流,
夜半难眠涌乡愁。
小院犹在深情寄,
故人远去梦难求。

春和日丽，气清景明

每年4月5日或6日，太阳到达黄经15度时为清明节。《历书》曰："时万物皆洁齐而清明，盖时当气清景明，万物皆显，因此得名。"《淮南子·天文训》云："春分后十五日，斗指乙，则清明风至。"另有《岁时百问》解释为："万物生长此时，皆清洁而明净，故谓之清明。"此时的天地清澈明朗，万物清洁明净，到处绿意葱葱，春和景明。

清明是反映自然界物候变化的节气，这个时节阳光明媚、草木萌动、百花盛开，大自然呈现出蓬勃向上的景象。我国北方地区的冬雪已完全消融，渐渐进入阳光明媚的春天，这时的河套地区气温回升很快，干燥多风，有时还会出现沙尘暴，是一年中沙尘天气最多的时段。

河套四季

河套地区是全国少有的山水林田湖草沙都具有的地区，这些自然条件在辛勤的河套人长期的不懈改造下，现在变得相互依存、协调发展，在黄河至北美丽的"几字弯"上形成了一道亮丽的风景线。2023年6月6日，习近平总书记来到临河区国营新华林场，视察了"三北"防护林体系工程建设情况，对这里的防沙治沙工作成绩给予了充分肯定。

临河区国营新华林场成立于1960年。建场之前，这里到处都是沙地、碱滩，"无风满地沙，有风埋人家。只见春天种下籽，不见秋天收庄稼。"这是当时老百姓生活的真实写照。春天里，本应该是春风送暖、芳草菁菁，然而这里却黄沙弥漫、杂草丛生，农作物幼苗大多被风沙刮得枝叶残缺，甚至被连根拔起，人们走在户外眼睛都难以睁开，浑身都是沙子，当时的老百姓对这样的天气真是苦不堪言。新华林场成立之后，林场职工们在沙漠里打井，用水浇灌林草，不断提升育苗技术，提高种植苗木的数量，引进种植机械，逐步实现了"沙退人进"的治沙新貌。

经过林场三代人60多年艰苦卓绝、坚持不懈的努力，累计造林3.9万亩，森林覆盖率已达65%，这片昔日的沙地、碱滩如今变得林木葱郁，杨树、柳树、樟子松、云杉、榆树等树种把这里装点成了幸福家园，也为周边的村庄筑起一道

河套四季

春光明媚

和谐自然

坚实的"绿墙"。沙枣、紫穗槐、杨柴、梭梭等较为低矮的灌木，各尽其能，团结协作，共御风沙，共同呵护着这片从曾经的不毛之地变化而成的茫茫绿洲。新华林场的沙地面积由原来的2.15万亩缩减到现在的0.5万亩，从而使土地沙化得到了有效控制。林场周边大量荒滩碱地被改造成了林地和耕地，还有许多耕地变成了现代化高标准农田。

新华林场的奋斗史只是河套地区防沙治沙、绿化家园的一个缩影，像磴口县就是由过去的"沙漠之乡"变成了如今的"百湖之乡"，人工治沙效果显著，开发沙地种植的苁蓉、山药等成了当地的名优特产，成了农民增收的重要渠道。如今的河套地区真正实现了从"沙进人退"到"绿进沙退"的历史性转变，处处树木参天、绿草如茵，人与自然和谐共处，并以崭新的姿态迎接每一天的和煦阳光。

在二十四节气中，只有清明既是节气又具有节日的身份。清明节与春节、端午节、中秋节并称中国四大传统节日，清明节兼具自然与人文两大内涵，节日习俗丰富，在中国人的生活中具有特殊的重要性。历史赋予了清明厚重而深沉的内涵，使其成为一个广为传承的大众的节日、文化的节日，踏青郊游也成为清明节的一大主题。

我们的古代贤人十分重视生命的教育，在这春光明媚、风和日丽的大美时节，去祭祖扫墓，为我们已故的先人添一捧新土，敬一束鲜花，再把心里话述说述说，尽管是阴阳两隔，也要把大自然的美好和人世间的情感共同分享。每年清明祭祖扫墓的传统在提醒着我们：要珍惜和敬畏生命，尊重和热爱亲人，感恩先辈情，多行真善美，让心灵如同春光一般清朗，让思念好似春水一般清澈，让生活犹如春景一般郁郁葱葱！

清明节气的三候：初候桐始华；二候田鼠化为鴽；三候虹始见。"初候桐始华"，桐花和率先争春的桃花、杏花、梨花不一样，桐树高大，遍布郊野，清明时候会在高高的树梢上悄悄绽放，桐花有紫有白，花色清淡，尽管开在高处，只有抬头仰望才能欣赏到它的热烈和烂漫，而它那无与伦比的沉静和素雅，给我们留下了无限的温柔和清朗。"二候田鼠化为鴽"，《素问》中解释道："鴽也，似鸽而小。"也就是说鴽是一种类似于鹌鹑的小鸟。记得惊蛰节气的三候是"鹰化为鸠"，那时春天才刚刚开始，蛰虫从漫长的冬眠中苏醒，过了惊蛰，过了春分，到了清明"田鼠化为鴽"，天地间已是绿意盎然，百花争艳，百鸟竞翔，一派生机勃勃。"三候虹始见"，日照雨滴彩虹生。此时的河套大地浸润在气温不断上升所带来的阳光、春风和春雨之中。和煦阳光下，翠绿的杨柳在熠熠发光；绵绵春雨中，绿油油的小麦在茁壮成长；温暖春风里，郊游的孩子们在尽情歌唱。河套大地真正从冬天走了出来，进入了神采飞扬的生命之春。

谷雨

雨生百谷春未迟,
移苗点豆正当时。
不夸勤奋河套人,
只赏田园壮美诗。

霜断青草绿，雨润百谷生

谷雨是二十四节气中的第六个节气，也是春季的最后一个节气，同时也是播种移苗、埯瓜点豆的最佳时节。斗指辰，当太阳到达黄经30度，于每年公历的4月19日至21日交节，《月令七十二候集解》中说："三月中，自雨水后，土膏脉动，今又雨其谷于水也……盖谷以此时播种，自下而上也。"故得此名。谷雨是反映降水现象的节气，是古代农耕文化对于节气的反映。

据《淮南子》记载，仓颉造字是一件惊天动地的大事，黄帝于春末夏初发布诏令，宣布仓颉造字成功，并号召天下臣民共同学习。由于仓颉造字功德感天，玉皇大帝便赐给人间一场谷子雨，以慰劳圣功，这里指的就是现在的"谷雨"

节气。

这一时期，河套地区的降水量明显增加，田间的秧苗初插、作物新种，最需要雨水的滋润，因为只有降雨量充足及时，农作物才能茁壮成长。正如《群芳谱》所言："谷雨，谷得雨而生也。"

谷雨时节如同这个时节盛开的花朵一样多姿多彩。古人云："清明断雪，谷雨断霜。"此时春将尽，夏将至，意味着寒潮天气基本结束，这时的雨没有了清明时节雨的寒冷和飘忽，而是多了一丝温暖和淡定；这时的雨不再是初春细雨的点点霏霏，变得有一些大方和充沛；这时的雨水，滋润着小草返青，滋润着百花妩媚，滋润着春播种子的出苗生长。

我国古代将谷雨节气分为三候：初候萍始生；二候鸣鸠拂其羽；三候戴胜降于桑。"初候萍始生"，浮萍为阳性植物，其特性是不能经霜，当寒潮天气结束之后，池塘里的浮萍才开始慢慢生长。这是天地万物备受呵护的时节，一花一叶、一草一木的绿意盎然，蒸蒸日上的热烈氛围给我们带来了幸福和快乐，我们自然也就融入了这天地间的美好之境，去感知世界的自然美和真善美，把这美好的一切融入我们的心灵深处。"二候鸣鸠拂其羽"，"鸣鸠"其实就是我们熟悉喜爱的布谷鸟，又叫子规、杜鹃，《月令七十二候集

河套四季

春色灿烂

解》中有很生动的描写："拂，打击也。《本草》云：拂羽飞而翼拍其身，气使然也。盖当三月之时，趋农急矣，鸠乃追逐而鸣，鼓羽直刺上飞，故俗称布谷。"意思就是每当这个时节，小巧可爱的布谷鸟便抖动着翅膀，梳理着丰泽亮丽的羽毛，飞翔在苍翠的天地之间，唱着悦耳动听的"布谷"声，好像在催促人们赶快去"播谷、播谷"，千万不要耽误农时。农民应声而动、应时而种，田野苍穹一派春光灿烂，仿佛就是一幅壮美的人与自然和谐共生的绚丽画卷。"三候戴胜降于桑"，戴胜鸟是一种吉祥鸟，它性喜温和，外形独特，羽毛艳丽，头顶有着像花朵一样的羽冠，是传说中的象征物之一，被视为祥和、美满、快乐的化身。当美丽吉祥的戴胜鸟飞降在桑树枝头，蚕宝宝就要出生了，而养蚕织丝是古代农耕社会一项重要的农事。

由此我们不难看出，谷雨是春天里自然界和农事结合最为紧密的一个节气，播谷、养蚕，人们为了衣食而紧张地忙碌着，为了一年更好的生活做着准备。这是春天赋予大自然孕育生命的季节，这是春天恩赐给人类成长的季节，这是春天给予大自然和谐向上的季节。

让我们感恩春天初生生命的美好，坚守人类生命之初的"性本善"吧！

夏

夏

微信扫码
四时之音
四时画卷
节气解码
天赋河套

河套的夏天

随着乡村蛙鸣的不断增多,河套大地逐渐进入了夏季。刚立夏的河套,尽管夏天的气候特征还不是十分明显,但是绿色在广袤的田野里已经全面铺开了。成片成片的小麦已经长得绿油油的了,覆膜玉米也顶出了嫩芽,房前屋后的蔬菜苗也已破土生长。渠畔上、地堰上,不用耕种的野苦菜更是一片一片的绿,郊区成了城里人寻找苦菜的好去处。整个春天,一直休闲在家的大爷大妈们成了挖苦菜的主力军,他们不仅挖回来自己吃,还把多余的送给自己的儿女和邻居们,让大家也享受他们的劳动果实,同时也想证明他们并不是什么事也干不了的闲人。河套地区有广为流传的谚语"立夏的苦菜端午的艾""立夏吃苦菜,眼明心凉快",凉拌苦菜清热泻火，成了家家户户餐桌上的时令佳肴。

雨水丝丝，清风缕缕，路边的桃花却已悄然凋谢，芬芳化作了希望，驻足细看那树杈间满是丛丛的小绿叶，绿叶间不知什么时候长出了密密麻麻的小圆果，毛茸茸的，像婴儿的小脸，忍不住伸手去触摸一下，硬硬的，那么坚定，让人感到了夏天的力量，这就是生长的力量。如果说春天是生的季节，那么夏季就是长的季节了。各种植物在太阳的照耀下，天天见长，抬眼远眺，便会倏然一惊：天地已被占尽，万物都在出彩，整个河套大地被装点成了一幅葱茏壮阔的水墨画。

随着庄稼的快速生长，农民也由种田到管护转换了角色，农作物的管理要精细，灌溉、施肥、锄草助力庄稼的苗壮成长，现代科技的飞速发展让这里的农民扔掉了锄头、铁锹，管理工具变成了手柄遥控器和智能手机，坐在家里的农民只需在手机上轻轻地一点，几里远的闸门就会自动升起，涓涓细流就会随着衬砌的渠道有序浇灌农田；田间上空随处可见的小型无人机在手柄的操作下精准地播撒着化肥；驾驶智能喷雾车能够更加快捷均匀地喷施农药。这些不但改变了农民昨日面朝黄土背朝天的艰辛面貌，而且比过去的人工劳作更加精准和高效，还降低了生产成本，在现代化科技的助力下,整个河套地区夏天的生机喷薄而发。

进入盛夏以后,河套大地到处都是绿树成荫、碧波荡漾、莺歌燕舞、瓜果飘香,醉人的景色让人流连忘返。麦田也变成了金色的海洋,金黄色的麦秆擎起日渐丰满的麦穗儿,那齐刷刷的麦芒,就像乐谱上的线条,每一个麦穗儿都是一个跳动的音符,在微风的拨动下,发出悦动的旋律。

这是一个火热的季节。它既不像春天那样温柔,也不似秋天那样内敛,它是粗犷的、豪放的,是一个热火朝天的季节,是一种生命的旺盛、一种生长的巅峰。

这是一个迷人的季节。小河环绕着美丽村庄在静静地流淌,许多湖泊散落在离家不远的地方,船儿载着游客们在水面上缓缓地划行,热情的沙漠更是勇敢者挑战的天堂。人们最喜欢夏天的傍晚,老人们三三两两在树下纳凉闲聊;欢快的广场舞展示着中年妇女们健美的身姿;夜市则是年轻人欢聚的好去处,烤羊肉串特有的芳香弥漫着大街小巷。

这是一个欢快的季节。伴随着夏韵特有的浓郁,河套地区不知从什么时候开始成了避暑的好地方。随着暑期的到来,这里开启了旅游旺季和聚会的时光,蜜瓜的甘甜、河套老酒的醇厚、牛羊肉的鲜美,给多少人留下了一串串美好的记忆。河套人热情款款、真诚友善、大方好客的纯朴性格更

河套四季

是带来了无限活力,旅游景点、农家小院到处都充满欢歌笑语。《夸河套》老曲儿配上新词《新时代的大美河套》,是那么的朴实生动——

奔腾不息的黄河,巍峨古阴山
河水环绕着山峦,育出了个几字弯
青山绿水的河套就是那天上人间
人杰地灵的好地方
天赋独特光热,灌排水相连
广袤肥沃平原,丰收一年年
勤劳朴实的河套人一代一代地传

八百里的沃土,塞外米粮川
国家粮食主产区,贡献走在前
成片成片的麦浪翻滚到天边
一望无际的黄土地
金黄金黄的玉米,堆得像金山
大豆葵花红高粱,订单飞得欢
农高区的科技水平全国也领先

河套四季

青春湖水荡漾,纳林湖秀美
黄河湿地多迷人,镜湖更妩媚
大大小小的湖泊散落在家门前
北疆亮丽好风景
乌梁素海显神韵,水清天鹅飞
水利枢纽三盛公,建筑真雄伟
国内外的客人们一车一车地来

秦长城上烽火,鸡鹿塞烟云
阴山岩刻传神奇,大桦背恢宏
古往今来的名胜陶醉了多少人
还有那尝不完的土特产
西瓜蜜瓜灯笼红,口口香留唇
猪肉牛肉后山羊,肉美品质纯
牛奶羊奶骆驼奶,营养味不同
佘太地纯河套王,酒醇情更浓
新时代的大河套全靠党的好领导
全靠党的好领导

立夏

斗指东南两季连,晓夏初立四月天。
不见黄河滚滚流,才知涓涓育良田。
桃梨花开齐争艳,柳絮飞雪舞翩跹。
谁言江南景致极,塞外如女胜天仙。

夏花灿烂，万物并秀

带着生命初孕的欣喜，看着春姑悄然退去，我们欢快地来到五月，步入了满眼翠绿的夏天。

《历书》云："斗指东南，维为立夏，万物至此皆长大，故名立夏也。"《月令七十二候集解》中说："立，建始也，夏，假也，物至此时皆假大也。"立夏是夏季的第一个节气，太阳到达黄经45度时，通常在公历5月5日至7日之间交节，立夏的"立"是开始的意思，"夏"是大的意思，指春天播种的植物已经直立长大了。立夏是春夏季转换过渡的时节，在天文学上，立夏表示即将告别春天，孟夏时节正式开始。如果说春天是生的季节，那么夏天就是长的季节，夏天的力量是生长的力量。由于立夏一般在农历四月，因此也称为"四月节",此时温度明显升高,炎热来临,雷雨增多,农作物进入生长的旺季。此时风暖昼长,绿遍原野,蜂飞蝶舞,万物并秀。在河套地区有关立夏的农谚有很多,比如"立夏不种夏,犟种十天夏""立夏麦咧嘴,不能缺了水""立夏前后,种瓜点豆"。这些朴实的话语生动地体现出河套地区立夏农活的特点。此时的小麦开始扬花灌浆,春播的玉米、大豆、高粱等作物也都相继出苗生长了,八百里河套处处是绿意盎然、郁郁葱葱的迷人景色。宋朝陆游所作的"林中晚笋供厨美,庭下新桐覆井凉",生动地表现出立夏时节的景象。

立夏节气的三候:初候蝼蝈鸣;二候蚯蚓出;三候王瓜生。"初候蝼蝈鸣",《月令七十二候集解》中说:"蝼蝈,小虫,生穴土中,好夜出,今人谓之土狗是也。"这种穴居小动物,到了立夏才开始钻出洞来,自由自在地生活,欢快地鸣叫着。"二候蚯蚓出",蚯蚓是我们比较熟悉的一种小动物,它在土里钻来钻去,让土地松软,有利于植物的生长;蚯蚓还有很强的再生功能,不论身体的什么地方被弄断了,都可以再生长出来。它们喜欢阴暗,很少钻出来,只有在雨后由于土壤中氧气减少,我们才能看到大大小小的蚯蚓在地面上乱窜。古人通过对蚯蚓这种小动物的细微观察,

河套四季

妩媚夏日

绿意葱葱

让我们清晰地体会到了天地节气所发生的细微变化。"三候王瓜生",《月令七十二候集解》中是这样解释"王瓜"的:"蔓生,五月开黄花,花下结子如弹丸,生青熟赤,根似葛,细而多糁,又名土瓜,一名落鸦瓜,今药中所用也。"王瓜是一种至柔作物,一种华北地区特有的药用爬藤植物,在立夏时节开始迅速攀缘生长,由此可见,夏季是多么适合大自然中万物的生长啊!不论是植物还是动物,在这个节气都有着旺盛的生命力,共同谱写着大美天地间朴实无华、厚重宏大的生命交响乐。

初夏时节,阳光饱满,气候舒适,绿意葱葱,莺歌燕舞,人们尽情享受着大自然的美好,可有谁能如我们的先人那样,静下心来仔细观察那由春之黄绿变为夏之深绿的叶片背后,那由春之寒风变为夏之暖风之后,那由春之休眠变为夏之活跃的小虫之后,所蕴含的一个个生命的奇迹、自然的奇迹、和谐的奇迹,给后人留下了无比珍贵的精神财富,使今天的我们对生命油然而生敬畏之情,敬畏我们自己的生命,敬畏我们身边的一草一木、一虫一鸟!

人的一生多么像一年四季的四个阶段:童年当属嫩绿娇柔的春天;老年当属寂静纯白的冬天;中年当属硕果累累的秋天;夏天则是一个精力充沛、热烈奔放的青春季节,是一个让人迅速成长并逐渐成熟的季节,是一个让人憧憬向往美好未来的季节。

我爱河套地区的夏天。

小满

斜柳弯月倒影长,微风逐波送花香。
雨落初夏枝叶润,麦逢小满孕穗浆。
塞北春禾才复水,河南冬苗已成粮。
岁月如帆匆匆过,何须求全争短长。

河套四季

小得盈满，守望幸福

小满是夏季的第二个节气。斗指甲，太阳到达黄经60度，于每年公历5月20日至22日交节，小满意味着真正的夏天来临了。正如宋代文豪欧阳修的五绝《小满》中所描写的："夜莺啼绿柳，皓月醒长空。最爱垄头麦，迎风笑落红。"

《月令七十二候集解》中说："四月中，小满者，物至于此小得盈满。"其含义是指雨水的盈缺，也指北方麦类等夏熟作物的籽粒开始灌浆，逐渐饱满，还未完全成熟，此时正是生长的最关键时期。小满节气的气候特点是降水频繁，往往会出现特大范围的持续强降水。对于河套地区而言，小满时节的降雨量却很小，甚至无雨，并不如温度的上升更令人印象深刻，往往是二十四节气中日照时间最长的时期，加

河套四季

刚刚好

上空气干燥，有时候气温也会高过南方。

小满节气的三候：初候苦菜秀；二候靡草死；三候麦秋至。"初候苦菜秀"，苦菜是多年生菊科植物，春夏开花，感觉火气而生苦味，嫩时可食用。可为什么古时小满节气的初候是苦菜秀呢？一般的解释是，在北方，小满虽然预示着小麦将要成熟，但毕竟还处在粮食青黄不接的一个阶段，古时冬储粮食已经吃完，夏收粮食还未成熟，老百姓只能用野菜充饥，而苦菜是中国人最早食用的野菜之一，由此可见小满的初候"苦菜秀"具有很强的生活气息。现在的我们已进入了小康生活水平，早已衣食无忧，再没有人用苦菜作为粮食充饥了，可是苦菜具有的清肝明目、清除心火、降低血压的功效受到了许多中老年人的青睐，河套地区的大小饭店在这个时候都会推出凉拌苦菜这道时令菜肴。"二候靡草死"，靡草指的是荠、葶苈之类枝叶细的草，葶苈三月开小黄花，四月结子，到了夏天，便枯死了。这里所蕴含的生命的意义让我们深思：万物的生生灭灭随时都在发生，生中有灭，灭中有生，即使在生命最旺盛的夏季，也要面临生命的死亡，或者说是一部分的生是以另一部分的灭为依存的，生命就是一个平衡被打破又去寻找另一个平衡的过程。这不正是所有生命成长的历程吗？"三候麦秋至"，"秋者，百谷成熟之期，此于时虽夏，于麦则秋，故云麦秋也。"小麦在夏季陆续开始收割了，而其他农作物收获的季节一般是秋季，因此小麦的收获季就相当于它的秋季，故称麦秋至。炎炎夏日里，河套大地麦浪滚滚，金色映天，景色迷人。这里不仅地势平坦，而且天然具备黄河灌溉之利，历代都以水草丰美、物产丰盈著称。近年来，地处黄河流域河套灌区的巴彦淖尔市，实施"天赋河套"品牌工程，引领农牧业高质量发展。如今，河套小麦已成为全国乃至世界优质小麦的代名词。

夏绿是生长，金黄是收获。在小满时节，同时能够获得生命成长与成熟的喜悦，同时拥有生命之夏的热烈与生命之秋的丰收，这是一个多么圆满的季节！二十四节气中其他凡有"小"字的节气后面总跟着"大"，唯独小满之后没有"大满"，中国传统文化思想的博大精神由此可见一斑。《说文解字》中对"满"字的解释为："满，盈溢也。"正所谓"水满则溢，月满则亏"，一切事物达到极致后必然要走下坡路，彻底的完美并不是人们应当去追求的目标，再好的事情都要留有余地。

小得盈满，小满即可。

芒种

芒种时节艳阳天,
杨柳依依繁花艳。
风吹麦浪放眼绿,
壮美河套画田间。

芒种至，盛夏始

芒种是农历二十四节气中的第九个节气，也是夏季的第三个节气，每年的6月5日至6日，太阳到达黄经75度时交节。芒种的到来表示仲夏时节的正式开始。正如唐代诗人元稹所作的《芒种五月节》中所描述的情景：

芒种看今日，螳螂应节生。
彤云高下影，鴂鸟往来声。
渌沼莲花放，炎风暑雨情。
相逢问蚕麦，幸得称人情。

河套四季

欢乐盛夏

炎风暑雨

河套四季

古人云："小满后十五日，斗指丙，为芒种，五月节。"言有芒之谷可播种。芒种的"芒"，是指大麦、小麦等有芒的作物已经成熟，抢收十分急迫。"种"是指晚谷、黍、稷等夏播作物也正是播种的最忙的季节，故称"芒种"。对于北方地区来说，芒种一到，夏收作物要收获，夏播秋收作物要下地，春种的作物还要管理，收、种、管交叉在一起，成了一年中最忙碌的一个季节。俗话说："春争日，夏争时。"争时，就是指这时的收、种、管农忙时节，民谚"芒种不种，再种无用"讲的就是这个道理。

芒种至，盛夏始。进入六月，北方地区开始出现35摄氏度以上的高温天气，但一般都不是持续的高温，干旱的高温天气极有利于中原地区新麦的收获晾晒。芒种也是一年一度的高考季，在这个检验十年寒窗学习成果的时候，衷心希望每位考生都能够播下希望，收获满意的成绩！

这个时节的河套地区天气普遍干燥高温，极有利于小麦的抽穗生长，这里的小麦一般在七月中旬以后才完全成熟，河套地区是全国小麦机收队伍从南到北的最后一站。而这个季节也是田间管理和种植河滩地的大忙时节。河滩地是黄河两岸特有的可以临时种植的土地，权属一般归政府所有，农民可以承包种植，但为了不影响防汛抗洪，只允许农民种植低秆以下植物，如蔬菜类、瓜类等。由于黄河水在前一年的深秋把这些土地淹没了，这些土地在整个冬季都被厚厚的冰层覆盖着，只等到来年的五、六月才能够耕种，因此河滩地往往晚种晚熟，这里的农民称种河滩地为"种热水"。河套农民在河滩地以种植西瓜为主，由于土地肥沃，旱地种植，西瓜又大又甜，不施肥、不打药，是纯绿色有机食品，加之种植上的时间差，上市较晚，很受市场的青睐，远销北京、上海等地，成为河套地区的一个优质品牌。

芒种节气的三候：一候螳螂生；二候鵙始鸣；三候反舌无声。"一候螳螂生"，《月令七十二候集解》解释为："螳螂，草虫也，饮风食露，能捕蝉而食，故又名杀虫；曰天马，言其飞捷如马也；曰斧虫，以前二足如斧也，尚名不一，各随其地而称之。深秋生子于林木间，一壳百子，至此时则破壳而出，药中桑螵蛸是也。"这一时节，螳螂在去年深秋产的卵，到这时才破壳生出小螳螂。"二候鵙始鸣"，对我们来说"鵙"是一个生僻字，其实就是今人所知的伯劳鸟，一种小型猛禽，喜食虫类，是农作物的益禽，伯劳鸟喜阴，感阴而鸣。芒种时节它出现在枝头，鸣叫着，仿佛在向人们述说着什么。相传，西周宣王时，贤臣尹吉甫听信继室的谗言，误杀了前妻留下的爱子伯奇，发现之后十分后悔。

一天，尹吉甫在郊外看见一只从未见过的鸟，停在桑树上对他啾啾而鸣，声音甚是哀伤，他内心一动，于是说："伯奇劳乎，如果你是我儿子伯奇，就飞来停在我的马车上。"话音刚落，这只鸟就飞过来停在了马车上，跟着他回家了。伯劳鸟之名便由"伯奇劳乎"一语而来。"三候反舌无声"，反舌鸟长得不漂亮，却是吟唱高手，在春天，它既能自得其乐地鸣唱，又擅长仿效别的鸟叫，仿佛是一位口技专家，画眉、黄鹂、柳莺乃至雏鸡的鸣声，无一不学得惟妙惟肖，而且叽叽喳喳叫个不停，叫声婉转多变，仿佛浑身是舌，故有"百舌"之名。可是，到了芒种时节，感阳而鸣的反舌鸟便不再发声鸣叫了。这就是反舌鸟的与众不同之处，该鸣则鸣，该默则默。这不也正是做人的道理吗？我们为人处事何不向其效仿学习呢？

夏至

骄阳炎炎夏日长，
煦煦微风送花香。
树下花猫不见醒，
只待弯月下荷塘。

夏日悠长，绿意盎然

夏至是二十四个节气中最早被确定的一个节气，公元前7世纪，古人用土圭测日影法确定了夏至。《恪遵宪度抄本》记载："日北至，日长之至，日影短至，故曰夏至。至者，极也。"太阳到达黄经90度为夏至，于公历6月21日至22日交节。《月令七十二候集解》中也说："夏至，五月中。……夏，假也；至，极也；万物于此皆假大而至极也。"夏至鲜明的特征使其成为二十四节气中一个非常重要的分界线。

夏至这天，太阳直射地面的位置到达一年中的最北端，几乎直射北回归线，北半球的白昼时间达到全年最长，且越往北白昼越长。这一天，北回归线及以北地区是一年中正

河套四季

茂盛

盎然

午太阳高度最高的一天，也是北半球得到太阳辐射最多的一天，比南半球多了将近一倍。夏至过后，太阳直射点从北回归线23°26′开始向南移动，北半球的白昼时间将逐日缩短，北回归线及以北地区的正午太阳高度也逐日降低。

夏至属于四时八节之一，在民间也是一个非常重要的节气，自古以来民间就有在夏至庆祝丰收、祭祀祖先的习俗。

夏至节气的三候：初候鹿角解；二候蜩始鸣；三候半夏生。"初候鹿角解"是说此时鹿角开始脱落，标志着喜阳生物的生命力开始衰退，那些喜阴的动物开始出现了。古人把"鹿角解"作为夏至节气的初候，就是告诉人们阳气到达极致的时候便开始了衰退，道出了"盛极必衰，否极泰来"的哲理。"二候蜩始鸣"，《月令七十二候集解》中说："蜩，蝉之大而黑色者，蛁螂脱壳而成，雄者能鸣，雌者无声，今俗称知了是也。"表面看，夏至二候时节正是阳气旺盛之时，北方的高温考验着所有生命的承受能力。这时，小小的雄蝉开始鼓翼而鸣，它的鸣叫是在吸引雌蝉，为了孕育生命。正如明代刘基的《夏日杂兴》诗云："夏至阴生景渐催，百年已半亦堪哀。……雨砌蝉花粘碧草，风檐萤火出苍苔。"古人通过观察小动物细微的变化，悟出了自然界发展的一般规律，"见微知著"的智慧在这里又一次让我们深深地敬佩！古文云："蝉蜕于浊秽，以浮游尘埃之外。"说的是蝉在成虫之前一直在污泥浊水中生存，经历多次脱壳羽化为蝉，才能飞到高高的树上，饮露水而生，所以古人认为蝉品性高洁，出淤泥而不染，并以蝉的羽化比喻人的重生。"三候半夏生"，《月令七十二候集解》曰："半夏，药名，居夏之半而生，故名。"半夏是一种药草，到了夏至三候时节从沼泽地或水田里生长出来。在这个季节，天空的冷热空气常常产生强烈的对流，形成突如其来的狂风暴雨，虽然时间短暂却很猛烈，让人难以应对。正午的酷热难耐，夜晚短暂的丝丝清凉，其反差之大，成为河套地区仲夏的显著特点。

山川知夏，岁华灼灼，夏至是盛夏的使者，在天地间挥毫泼墨，绘出夏日悠长，绿意盎然。

小暑

赤日流金红满天，
麦浪翻滚似行船。
葵花昂首迎朝阳，
笑谈大美天地间。

小暑至，夏日长

倏忽温风至，因循小暑来。
竹喧先觉雨，山暗已闻雷。
户牖深青霭，阶庭长绿苔。
鹰鹯新习学，蟋蟀莫相催。

——唐·元稹《咏廿四气诗·小暑六月节》

小暑，是夏天的第五个节气，表示夏季时节的正式开始。《历书》曰："斗指辛为小暑，斯时天气已热，尚未达淤极点，故名也。"在每年公历7月6日至8日，太阳到达黄经105度为小暑。《月令七十二候集解》中记载："六月节……

河套四季

含苞

绽放

暑，热也，就热之中分为大小，月初为小，月中为大，今则热气犹小也。"小暑虽然不是一年中最热的时节，但和随后到来的大暑一起形成"小暑大暑，上蒸下煮"之说，河套地区也从小暑开始进入雷暴多雨的时节。

小暑开始进入伏天，俗称"入伏"，这是小暑节气里一个非常特别的节点，所谓"热在三伏"，三伏天通常出现在小暑与处暑之间，天气炎热，热浪来袭，这时气候的变化关键在一个"伏"字，意思为"覆"，即自上而下地笼罩遮盖，表明热气无处不在，是一年中气温较高且潮湿闷热的日子。人们感觉热得出不上气来，于是想尽一切办法躲避热浪的侵袭，以减少热流带来的伤害。农作物也在经受着高温的考验，有的垂下了头，有的卷起了叶子，有的在炙热的烘烤下由绿色变成了黄色。动物要比植物灵活得多，它们有的躲到了阴凉的地方，把身体蜷缩起来；有的跑到了水渠里，用水为自己降温；有的则干脆躲进了洞里……整个河套大地仿佛进了蒸笼一般。小暑也是人体阳气最旺盛的时候，中医在这个时候常常告诫人们：要注意养心护心，平心静气，保护心脏健康。

小暑节气的三候：初候温风至；二候蟋蟀居宇；三候鹰始鸷。"初候温风至"，《月令七十二候集解》中曰：

"至，极也，温热之风至此而极矣。"这时大地上便不再有一丝凉风，即便有风，那风中也裹挟着热浪，风吹在身上也是又燥又黏，人们只能企盼夜幕降临，在月光下寻找一个清凉处，一边饮茶一边闲聊，好不惬意。"二候蟋蟀居宇"，《诗经·七月》中描述蟋蟀"七月在野，八月在宇，九月在户，十月蟋蟀入我床下"。诗中所说的八月是夏历的六月，即小暑节气的时候，由于天气炎热，蟋蟀离开了田野，到庭院墙角之类的地方躲避暑热。"三候鹰始鸷"，《月令七十二候集解》中曰："击，搏击也。应氏曰：杀气未肃，鸷猛之鸟始习于击，迎杀气也。"这是说此时的老鹰为了躲避地面上的高温，会飞到清凉的高空之中，天空中就显得杀气萧萧了。

飞越高山、翱翔蓝天、搏击长空的雄鹰，一定有它追寻的目标！

大暑

三伏热浪到,
人往水里泡。
飞鸟潜巢穴,
只留骄阳照。

暑泽天地，护佑生命

大暑是夏季的最后一个节气，斗指丙，太阳到达黄经120度，公历7月22日至24日交节。《月令七十二候集解》中说："暑，热也，就热之中分为大小，月初为小，月中为大，今则热气犹大也。"暑是热的意思，大暑则指炎热之极。相对小暑而言，大暑更加炎热，是一年中日照最多、气温最高的时节，"湿热交蒸"在此时达到了顶点。曾有数据显示，我国所有的省会城市中，有将近半数一年中的极端高温纪录出自大暑这一天。进入大暑，全国从南到北都处于早晚温差最小、全天气温最高的状态，一些地方的体感温度达到40摄氏度以上，许多地方的户外作业需要安排防暑降温工作。大暑具有非常明显的气候特征：高温酷热，雷雨频繁。随着一场场大雨的降落，酷热也开始逐渐减弱。农作物的蓬勃生长，预示着一年一度的秋季作物也丰收在望了！

大暑节气正值三伏天里的"中伏"前后，尽管是一年中最热的时段，人们不免有湿热难熬之苦，却极有利于农作物的成长、成熟，许多农作物在这一期间是生长最快的。此时的河套大地同样也笼罩在中伏的热浪之中。连续的高温天气使灌浆饱满的河套小麦加速成熟，微风吹过，连片种植的小麦仿佛是金色的海洋，波光涌动，金光灿烂，成为一道独特的田园风光！小麦的成熟迎来了第一个丰收节，即夏收作物的大面积收获。河套地区独特的地理位置和气候特点，使得这里的小麦品质上乘，早已名扬海内外。

大暑节气的三候：初候腐草为萤；二候土润溽暑；三候大雨时行。

"初候腐草为萤"，《月令七十二候集解》中说："腐草为萤。曰丹良，曰丹鸟，曰夜光，曰宵烛，皆萤之别名。"《毛诗》曰："熠耀宵行。另一种也，形如米虫，尾亦有火，不言化者，不复原形，解见前。"大暑时节，天气炎热至极，连"幽阴至微"的事物也化为明亮了。小小萤火虫的产生，正是这种变化的一个典型体现。萤火虫种类繁

河套四季

甜蜜时节

景色迷人

多，分为水生和陆生两类，陆生萤火虫产卵于枯草之上，大暑时虫卵孵化而出，所以古人以为萤火虫是由腐草变成的。萤火虫夜间发光的特性成为其得名的由来。漫天飞舞的萤火虫，熠熠闪烁，给酷热的夏末夜晚带来了浪漫的微光与诗情画意。在没有电灯、蜡烛的古代，不就流传着借萤光读书的感人故事吗？"囊萤映雪"这个成语中的"囊萤"讲的就是晋代人车胤年幼时家境贫寒，没钱买灯油，于是晚上捉来一些萤火虫，把它们装在一个用白布做的口袋里，萤光照射出来，车胤就借着萤火虫发出的微弱的亮光，夜以继日地苦读，最终成为一位博学多才的人。这个成语典故启示我们要努力学习，并要学会利用周边的事物，创造条件，持之以恒，这样即使在困境中也能获得成功。

"二候土润溽暑"，《月令七十二候集解》中曰："溽，湿也，土之气润，故蒸郁而为湿；暑，俗称齷齪，热是也。"古代的文人墨客也都曾用"蒸郁"一词来形容这个时节前后的闷热潮湿。暑气、湿气蒸郁的程度之大，连土地都变得湿润了，而厚土软溽，也给万物提供了良好的生长环境，天地间充满了积极乐观、健康向上的生命能量！

"三候大雨时行"，《月令七十二候集解》中曰："前候湿暑之气蒸郁，今候则大雨时行，以退暑也。"此时的大

河套四季

风景如画

雨，是减少暑气的雨，是迎接秋天到来的雨。

河套地区在这个季节的降雨量也明显增多，可再大的降雨量也不会影响作物的生长，地面上的、田野里的积水都会顺着小排干流入阴山脚下的大排干，最后汇入河套地区最东边的乌梁素海。乌梁素海总面积约三百平方千米，是全球荒漠与半荒漠地区极为少见的具有极高生态价值的大型多功能湖泊，也是黄河流域最大的淡水湖，湖水还可以通过排干沟回流入黄河。

如今的乌梁素海天蓝水清，芦苇摇曳，鱼鸟成群，不但是河套地区灌排系统重要的组成部分，而且是河套地区著名的旅游胜地，成为祖国北疆风景线上享誉中外的"塞外明珠"。每年夏秋季节，天鹅与湖水相映成趣，蓝天与碧波交相辉映，美丽迷人的自然景观吸引了无数的国内外游客，坐在游船上的人们一边欣赏着美景，一边聆听着那首优美的歌曲《乌梁素海》：

    阴山脚下，几字弯上
    乌梁素海，神韵悠长
    黄河北望，绿冠茫茫
    万顷春水，碧波荡漾

河套四季

芦苇摇曳，天鹅竞翔

阴山脚下，几字弯上
乌梁素海，神韵悠长
水榭楼台，清风花香
长调声声，恋曲悠扬
情意绵绵，寻海姑娘

啊，乌梁素海
你是出塞昭君手捧的一碗美酒
你是黄河母亲舞动的一抹清流
你是亮丽北疆一颗璀璨的明珠
一颗璀璨醉人的明珠

秋

四时之音
四时画卷
节气解码
天赋河套套

河套的秋天

　　河套的初秋，夏季的热浪还没有完全退去，太阳还在为地球加着温，人们继续在尽量凉爽的地方避暑，田间的庄稼仍在茁壮成长，河套大地还是一派生机盎然。

　　云天收夏色，木叶动秋声。秋天里，人们最先感觉到的就是那阵阵秋风了，秋风最是秋天的代表。徐徐秋风吹动着纤细翠绿的柳枝，摇摆出悦耳动听的声响，水中的倒影更加婀娜多姿；徐徐秋风吹动着清澈的河水，鸭子们追逐着波浪尽情地游弋；徐徐秋风吹拂着孩子们的笑脸，清爽宜人的环境让他们玩耍得更加开心快乐。那清凉的秋风，吹走了夏日的烦躁和沉闷；那妩媚的秋风，给人们带来了无限的惬意和舒畅；那多情的秋风，吹来了盛大的丰收和喜悦；那萧瑟的秋风，搅动了游子的乡愁和企盼……

秋风过处，秋雨也登场了，河套的秋雨像极了河套人的个性，耿直、实诚、豪爽，伴着雷鸣电闪、狂风大作，瓢泼大雨有时能连续下好几个小时，把城市洗涤得干干净净，把河渠灌得满满当当，好在勤劳智慧的河套先辈们许多年前就修筑好了灌排系统，一条条小排干汇到大排干，在排走多余水的同时把土地里的盐和碱也顺便带走了，使得河套大地变为高产丰收的千里沃野，成为国家粮食的主要产区。

河套的秋天是多彩的、迷人的，色彩斑斓至令人目不暇接。大地的底色绿在逐渐演变，演变出秋天特有的多姿多彩，但无论呈现什么颜色，主色调永远是黄色和红色。

秋天的黄色，黄得千色万彩。那田野里成片成片的向日葵，是金黄色的海洋，随着籽粒的逐渐饱满，一个个谦虚地低下了头；场面上一堆堆金黄金黄的玉米，堆积成金子般的小山；还有那一排排杨柳、榆树的叶子也在不断变换着色彩，从深绿到浅绿，到淡黄、澄黄，再到落叶前的金黄，大街小巷仿佛进入了童话般的世界。

秋天的红色，红得千变万化。你看那火红火红的硕果，苹果的红像小孩的红脸蛋儿一样可爱；苹果梨的红色却只是那么一片，如少女脸上的红晕一般媚人；火红火红的高粱是河套田野又一醉人的景色，粗壮的高粱穗子带动着整个身子微微前倾，在微风中轻轻地摇曳着，让人觉得仿佛进入了红色的海洋。由于口感较差等原因，现在人们很少把高粱当粮食用了，但它却成了酿酒企业的香饽饽，订单高粱的种植成了河套农民增收的一个新途径。还有那海棠的点点红、番茄的串串红、西红柿的成片红……河套的秋天成了红色醉人的季节。

河套的仲秋变得色彩斑斓、景色宜人、瓜果飘香，每年都会吸引来大量的游客，这个季节的乌梁素海、纳林湖、青春湖、湿地公园、三盛公黄河水利枢纽等景区都是人们的好去处。大家在这最美的季节欢聚在河套平原，游名胜、品美食、叙友情，到处呈现出一派其乐融融的祥和景象。当你来到黄河岸边，极目远眺，秋高气爽的意境尽收眼底，蓝天上白云朵朵，晴空万里，峰峦叠翠的阴山朦朦胧胧、若隐若现，秀美壮丽的河套沃野一马平川，脚下的黄河水碧波荡漾、奔腾不息，秋风夹杂着黄河水特有的清香气息扑面而来，深深地吸上一口，血液会立刻加速流动，浑身上下瞬间充满了力量。

每年的秋天里，农民都有一个属于自己的节日，那就是

河套四季

　　丰收节，这是一个欢聚的节日，也是一个值得庆贺的节日。丰收节这一天，每个乡镇都要安排庆祝活动，有时上级领导也会前来祝贺，集镇上张灯结彩、锣鼓喧天，人们载歌载舞，妇女们都打扮得漂漂亮亮去参加活动。河套大地处处欢歌笑语，人们个个喜形于色，一起欢庆用辛勤的汗水换来的又一个丰收年。

　　河套是鸿雁的故乡，鸿雁是一种随着季节变换而南北迁徙的候鸟，随着鸿雁开始离乡南下，河套大地也渐渐进入了深秋，天气开始逐渐转冷，五颜六色的树叶铺满了大街小巷。秋林映着落日，秋风带着凉意，天高水阔，宁静而深沉，让人感到秋的归宿，是那么的饱满厚重。这不就是一幅大自然描绘出的充满诗韵的精美画作？我们生活在这么美好的环境里真是幸福！

立秋

烈日渐远热浪休,
微风徐来送初秋。
瓜甜果香宾朋乐,
举杯邀月醉心头。

凉风徐来，一叶知秋

立秋，是秋天的第一个节气，于每年公历8月7日至9日交节，此时北斗七星的斗柄指向西南，太阳到达黄经135度。据《月令七十二候集解》中曰："秋，揪也，物于此而揪敛也。"立秋不仅预示着炎热的夏天即将过去，秋天即将来临，也表示草木开始结果孕子，收获的季节到了。立秋是一个代表暑去秋来，由热转凉的节气。同时，降水、温度的变化也处于一年中的转折点，均趋于减少或下降，自然界的万物开始从繁茂成长趋向萧索成熟。

其实，立秋时节的北方大部分地区还处在暑热时段，尚未出暑，到了"处暑"时节才能出暑。初秋时的天气仍然很

河套四季

七彩秋色

热,所谓"热在三伏",也有"秋后一伏"之说,立秋后至少还有一伏的酷热天气,民间还有"秋后一伏热死人"的说法。由此可见,初秋只能说是节气意义上的秋季,而气象学意义上的秋天还未真正到来。河套地区往往到了九月中旬天气才能凉爽起来,随着地球的温室效应,近些年这里的暑热天气相对长了一些,葵花、玉米等农作物还在绿油油地茁壮成长。

立秋节气的三候:初候凉风至;二候白露降;三候寒蝉鸣。

"初候凉风至",是说刮风时人们会感觉到一丝凉爽,此时的风已不同于暑天的热风了。尽管此时的气温还很高,但充满智慧的先人已观察到了细微的变化:"一叶落知天下秋。"原来高大的梧桐树开始有落叶了。有一个有趣的记载:据传,宋时立秋这一天,皇宫内要把栽在盆里的梧桐树移入殿堂里,等到"立秋"时辰一到,太史官便高声奏道:"秋来了。"奏毕,梧桐树应声掉落一两片叶子,以寓报秋之意。"二候白露降",据《月令七十二候集解》中解释:"大雨之后,清凉风来,而天气下降,茫茫而白者,尚未凝珠,故曰白露降,示秋金之白色也。"秋季给我们带来的感受总是金色的、红色的和黄色的,而先人却观察到了白色之秋！夜晚凉风习习，吹散了白天的热气，形成了一定的昼夜温差，到了清晨，太阳升起之前，空气中的水蒸气就在植物上凝结成白茫茫的水雾，映衬在晨曦中葱绿的杨柳和金色的葵海之中，好一幅迷人的"金秋之白"美景。"三候寒蝉鸣"，据《月令七十二候集解》解释："寒蝉，蝉小而青紫者。……物生于暑者，其声变之矣。"蝉还是夏至二候"蜩始鸣"的那只蝉，只是到了立秋三候它的声音变了。寒蝉鸣并非说此时天气已寒，而是说天气由此开始寒凉了。随着天气的转凉，人们的思绪也开始发生变化，悲秋的情绪生发了，这是自然变化而生成的本能反应，古人造字"心上有秋"即为"愁"，"秋风秋雨愁煞人"！

进入秋天就有了秋思、秋盼和秋悲，从而孕育出了流传百世的经典名句："枯藤老树昏鸦，小桥流水人家，古道西风瘦马，夕阳西下，断肠人在天涯。"乡愁难平，简洁而悲伤。也有宋代刘翰"乳鸦啼散玉屏空，一枕新凉一扇风。睡起秋声无觅处，满阶梧叶月明中"的悲凉和无奈。而我却更喜欢唐代诗人刘禹锡"自古逢秋悲寂寥，我言秋日胜春朝"的从容和淡定。

处暑

昨夜秋雨河水涨,今日入处添衣裳。
绿冠穹野景致多,结伴畅游少惆怅。
清风拂面扫热浪,蝶舞莺歌心情爽。
旖旎北国比江南,醉卧田埂无念想。

暑气止，秋意浓

处暑是反映气温变化的一个节气，斗指戊（西南方），太阳到达黄经150度，于每年公历8月22日至24日交节，《月令七十二候集解》说："处，去也，暑气至此而止矣。"处是终止的意思，处暑即"出暑"，表明炎热即将离开，暑气渐渐消退，酷热难熬的天气到了尾声，而冷热之间的转换却没有那么立竿见影，天气虽然还热，但气温已呈下降趋势。处暑节气来临后，由于"秋老虎"的原因，北方气候有时呈现早晚清凉、午后高温暴晒的特征，大部分地区气温在逐渐下降，雨量减少。

河套地区逐步进入气象学意义上的秋天，秋高气爽的美

河套四季

辽阔

苍茫

好感觉渐渐浮现。宋代苏泂有诗曰："处暑无三日，新凉直万金。"这"新凉"所带来的神清气爽，是其他任何时节都不会有的。空旷湛蓝的天空上白云朵朵，秋水如镜，气候舒适宜人，田野绿意茫茫，迷人的景色在河套大地悄然呈现，这里到了吸引各方亲朋游客前来的旅游旺季。

处暑节气的三候：初候鹰乃祭鸟；二候天地始肃；三候禾乃登。

"初候鹰乃祭鸟"，《月令七十二候集解》中说："鹰，义禽也。秋令属金，五行为义，金气肃杀，鹰感其气始捕击诸鸟，然必先祭之，犹人饮食祭先代为之者也。不击有胎之禽，故谓之义。"大概意思是说，当鹰感受到秋气渐起时，便开始大量捕杀鸟类，但必先把鸟一字排列开来祭天，而且不捕杀怀胎之鸟，所以鹰是义鸟。对于这种现象，有一种解释是，因为本来处暑时节天气变得秋高气爽，非常有利于老鹰捕捉猎物，而且这个时候鸟类也正是吃粮食比较多，长得肥美的时候，所以会出现老鹰捕捉鸟的现象。"二候天地始肃"，肃是静、万物凋零的意思，就是说天地间的万物在这个阶段开始凋零了，其中表现最明显的便是北方的枫叶变红、落叶萧瑟了。这时的河套大地上，浓烈的秋之绿，开始染上了点点沧桑；火热的秋之红，变得含蓄而厚重；成熟的秋之黄，更加舒展和灿烂，以挟秋风之势席卷整个大地，让河套成为金色的海洋。色彩的变化让人感受到天地间金秋的丰硕开始走向凋零和沉寂。"三候禾乃登"，《月令七十二候集解》中说："禾者，谷连藁秸之总名。又，稻秫苽粱之属皆禾也。成熟曰登。"这里的禾不单指水稻，而是黍、稷、稻、粱类作物的总称，一言以蔽之，这是五谷丰登的时节。正如唐代诗人元稹《咏廿四气诗·处暑七月中》的生动描绘："向来鹰祭鸟，渐觉白藏深。叶下空惊吹，天高不见心。气收禾黍熟，风静草虫吟。缓酌樽中酒，容调膝上琴。"

丰收时节最为喜人，也最为迷人，家家户户沉浸在收获的欢乐当中，河套大地到处充盈着强烈的兴奋和激动的气息。人们从春到夏，由夏到秋，一路走来，总有不断到来的成熟相伴，但最丰硕最厚重的成熟，是属于秋天的！

写到这里，我的耳边仿佛响起了一段动人的旋律，那是我国香港歌手张明敏在1984年央视春晚上演唱的歌曲《垄上行》：

我从垄上走过

垄上一片秋色

河套四季

枝头树叶金黄
风来声瑟瑟
仿佛为季节讴歌

我从乡间走过
总有不少收获
田里稻穗飘香
农夫忙收割
微笑在脸上闪烁

蓝天多辽阔
点缀着白云几朵
青山不寂寞
有小河潺潺流过
……

白露

寒生凝露秋渐凉，
风吹叶落花瓣扬。
瓜红果绿香千里，
葵盘压枝万亩黄。

天苍茫，雁何往

每年的农历八月中，公历9月7日至9日，太阳达到黄经165度时为白露。《月令七十二候集解》中说："八月节……秋属金，金色白，阴气渐重，露凝而白也。"白露时节，天气转凉，人们在清晨会发现地面和叶子上有许多露珠，这是由于昼夜温差变大，水汽在夜晚凝结成了露珠。正如俗话所说："白露秋风夜，一夜凉一夜。"夜凉了，露水也就成了秋夜的标配。古人以四时配五行，秋属金，金色白，故以白来形容秋露，称之为白露。

白露时节的北方，潮热不见了，阳光灿烂而温润，空气舒适而干爽，凉意微微，温而不冷，让人们完全没有了夏天

河套四季

河套入画韵

秋高气爽

的闷热，身心放松了下来，进入舒适平和的生活状态。这个时节的状态用"秋高气爽"这个成语来形容是最为恰当的。

白露时节河套大地的色彩仍然是那么艳丽，那么多彩，那么迷人，幽幽碧绿的秋水，晶莹剔透的露珠，橙黄橙黄的梨果，而最为典型的秋之色莫过于蓝色了，那是一种明净的蓝、高远的蓝和辽阔的蓝！蓝色的天空，是此时最美的秋色，明净而艳丽，高远而苍茫，辽阔而无垠。蓝天的影子投在阴山顶上，山就是黛青层叠的秋山了；蓝天的影子投在黄河水面上，水就是碧波粼粼的秋水了……

白露时节冷空气开始转守为攻，暖空气逐渐退避三舍，人们明显地感觉到早晚温差在不断加大，气温一天比一天低。俗语"处暑十八盆，白露勿露身"，意思是说，处暑的时候天气还热，每天还要用一盆水洗澡，过了十八天到了白露，可就不要赤膊裸体了，以免着凉。

白露节气的三候：初候鸿雁来；二候玄鸟归；三候群鸟养羞。候鸟的迁徙最能体现季节的转换，而二十四节气中白露是唯一一个用三种鸟类的特征来表现物候特征的，可见这个时节的气候变化是多么的明显。《月令七十二候集解》中解释"鸿雁来"："鸿大雁小，自北而来南也，不谓南乡，非其居耳。""玄鸟归"："玄鸟解见春分，此时自北而往南迁也，燕乃南方之鸟，故曰归。""群鸟养羞"，三兽以上为群，群者，众也，《礼记》注曰："羞者，所羹之食。"养羞者，储藏食物，藏之以备冬月之养也。由此说明鸿雁不是南方的鸟，而是由北方飞来的，所以叫作"来"，而玄鸟即燕子，是南方的鸟，此时同样从北方飞来，却叫作"归"了，这是站在南方的角度来观察候鸟来回的结果。其实，鸿雁是北方的鸟，它的故乡就在我们辽阔的乌拉特草原，白露时节它们只是为了躲避北方寒冷的严冬而暂时南飞，等春暖花开的时候就会早早回到家乡。多少年来，在河套平原一直流传着一首脍炙人口的乌拉特民歌《鸿雁》，道出了幽幽的乡愁和苍茫的情怀：

鸿雁，天空上，对对排成行。江水长，秋草黄，草原上琴声忧伤。

鸿雁，向南方，飞过芦苇荡。天苍茫，雁何往，心中是北方家乡。

鸿雁，北归还，带上我的思念。歌声远，琴声颤，草原上春意暖。

鸿雁，向苍天，天空有多遥远。酒喝干，再斟满，今夜不醉不还。

秋分

中分秋露日照高,
鸿雁齐飞彩云飘。
山青水清杨柳绿,
亲朋相聚乐逍遥。

寒暑平分，秋色生香

每年公历的9月22日至24日之间，当太阳到达黄经180度时，进入秋分时节。按照农历的时间来说，立秋属于秋天的开始，霜降表示秋天的结束，秋分则刚好位于两者之间。《月令七十二候集解》中说："（夏历）二月中，分者半也，此当九十日之半，故谓之分。秋同义。"秋分平分了秋天，一是把昼夜时间均等平分。太阳在这一天垂直射向地球赤道，因此在全球大部分地区，这一天的24小时昼夜均分，各为12小时。秋分过后，太阳直射点开始由赤道进入南半球，北半球开始昼短夜长，北极附近也将迎来一年中连续6个月的漫漫长夜和不灭的星空。二是天气开始由热转凉。秋

河套四季

饱满

喜悦

分标志着中国大部分地区已经进入了凉爽的秋季。气温逐渐降低,一天比一天凉,秋意也渐渐浓烈起来。大雁高飞的辽阔、漫天落叶的浪漫、满载收获的喜悦,都会在秋分之后慢慢到来。正如唐代诗人杜甫的名句:"无边落木萧萧下,不尽长江滚滚来。"

秋分是一个很重要的节气,这时的河套大地进入了最奇妙的时节,山色不浓不淡,水流不急不缓,天气不冷不热,尽得天地、自然的和谐之美。秋分时节的美是很难用语言来形容的,更多的需要我们陶醉其中,亲身去体会。

河套地区有着"秋分无生田,准备动刀镰"的说法。秋分,天下大熟,这一天也是中国农民的丰收节。河套是一个以农业生产为主的地区,这里的农民对于"丰收"的情感是刻进骨子里的,这个被阳光烘烤、被雨水滋润的词,不仅意味着食物的充裕无忧,更有一种不可替代的安全感。每当面对硕果累累的金秋,农民朋友都难以掩饰自己内心的满足和自豪。你看!河套大地上玉米绽开了灿烂的笑容,高粱托举着红红的火把,葵花压弯了粗壮的腰身,辣椒点燃了火红的大地。你看!那耀眼的金黄、浓烈的火红、醉人的翠绿。你看!那忙碌的身影、喜悦的脸庞、灿烂的微笑,整个田野像油画一样绚烂多彩。但这其中缤纷的奥妙和由衷的喜悦,只有农民朋友在收获的过程中才能真正体会得到。

秋分节气的三候：初候雷始收声；二候蛰虫坯户；三候水始涸。

"初候雷始收声"是说秋分以后，下雨就不会再打雷了，人们也不用担心夜晚会被雷声惊醒了。"二候蛰虫坯户"，"坯"，是培土的意思。北宋文学家王安石有诗云："忽忽远枝空，寒虫欲坯户。"秋分过后，昼短夜长，天气变凉，蛰居的小虫开始藏入洞穴之中，以防寒气入侵。此时已听不到秋蝉的嘶鸣，田野里的虫鸣声也变得稀疏暗哑。"三候水始涸"，《礼记》注曰："水本气之所为，春夏气至，故长，秋冬气返，故涸也。""涸"，是干涸的意思。此时由于天气干燥，水汽蒸发快，降雨量也开始减少，湖泊河流中的水量变少，一些沼泽及水洼地处于干涸之中，这便是诗人所说的"秋水清瘦"的意境了。

秋日朗朗，天高云淡，唐代诗人刘禹锡此时有感而发："晴空一鹤排云上，便引诗情到碧霄。"多么豁达的心情，多么广阔的思绪。历经春夏，秋收归仓，秋分恰如人到中年，茅塞顿开。只有拂去浮华，归于平淡，回到本真，成为更好的自己，心境才会变得平和起来。

寒露

寒风劲舞柳丝黄,
露气清冷几成霜。
草木萧索人寂寥,
天涯何处觅花香。

袅袅凉风动，凄凄寒露凝

每年公历的10月8日至9日，当太阳到达黄经195度时，为寒露，这是秋季的第五个节气，也是二十四节气中首次出现带"寒"字的节气。《月令七十二候集解》中说："九月节，露气寒冷，将凝结也。"说明此时露水已寒，快要凝结为霜了。寒露是深秋的节令，干支历戌月的起始，昼暖夜凉，露水寒冰，天气明显由凉开始变冷了，民间有"露水先白而后寒""白露欲霜"的说法，唐代诗人白居易曾写下"可怜九月初三夜，露似真珠月似弓"的名句，形象而生动。

这个节气，河套大地的秋收已基本结束，玉米、高粱等农作物的销售也接近尾声，过去家家户户在这个时候都要大量地贮藏土豆、葱、大白菜等蔬菜，许多人家还要把白菜用大缸腌起来，俗称酸白菜，这些曾是人们在冬天食用的主要蔬菜。当然，如今的生活条件大大改善，冬天市场上的蔬菜也是琳琅满目，不再需要大量贮藏了。这时猪肉烩酸菜成为河套地区独具特色的一道美食。

寒露节气的三候：初候鸿雁来宾；二候雀入大水为蛤；三候菊有黄华。

"初候鸿雁来宾"，鸿雁随着季节变换而向南迁徙，古人观察到鸿雁具有随季而动、候时而飞、行为有序的特征，将其作为气候变化的一个标志。雨水时节的鸿雁北归，白露时节的鸿雁南去，而到寒露时节，鸿雁离开北方南飞已经有一个月了。《月令七十二候集解》中"雁以仲秋先至者为主，季秋后至者为宾"，说的是南飞鸿雁最先到达的是主人，到了深秋寒露时南飞的鸿雁，已经是最后一批了，它们仿佛是姗姗来迟的宾客。随着鸿雁南飞的结束，时光进入了寒冷的秋末，我们似乎隐约能听到冬天的脚步声了。河套大地深秋的天空缺少了鸿雁的翱翔，黄河湿地也没了鸿雁往日的嬉闹，人们开始翘首企盼明春鸿雁的归来，正如孟郊诗曰："秋桐故叶下，寒露新雁飞。远游起重恨，送人念先

河套四季

醉美深秋

典雅清香

归。"宋代婉约派词人柳永更是有些伤感："念双燕、难凭远信,指暮天、空识归航。黯相望。断鸿声里,立尽斜阳。"

"二候雀入大水为蛤",古人通过观察发现,在深秋时节,天空中见不到原先飞舞鸣叫的雀鸟了,而海水里的蛤蜊却一天天地多了起来,原来是小鸟变成蛤蜊跑到了海里,空中飞翔之鸟变成了水中潜藏之物。这个物候特征是一个多么生动天真的童话,抑或是古人在开了一个逗趣的玩笑。

"三候菊有黄华",当秋寒逐渐加深,万物日显寥落时,清雅脱俗的菊花如期盛开了。我国有"春赏牡丹秋赏菊"的说法,菊花品种多样,色彩绚丽;牡丹要等到春天百花争艳之后才傲然登场,是那么的雍容华贵,而秋菊则是等待寒露深深、草木稀稀之时才灿烂开放,是那么的典雅清香,这需要多么强大的气场和底气!她不屑与百花争艳,不惧寒冷而独立于天地之间,飘若浮云,灿若晚霞,展现出自由、坚定的生命力。秋菊独特的品性和华丽给萧瑟的深秋增添了艳丽的色彩,也给人们带来了无限的美好,正如唐代诗人元稹的《菊花》咏道:"秋丛绕舍似陶家,遍绕篱边日渐斜。不是花中偏爱菊,此花开尽更无花。"

好一个"此花开尽更无花"!

霜降

暮秋已至溪水凉，
青女抚琴露凝霜。
山野只剩枫菊闹，
塞上麦谷归满仓。

从容向晚，微笑向寒

当太阳到达黄经210度时，公历10月23日至24日为霜降。《月令七十二候集解》中说："九月中，气肃而凝，露结为霜矣。"每年这个时候露结为霜，节气便由寒露转为霜降。霜降是秋天的最后一个节气，代表着秋的结束，冬日将近。此时的河套地区，寒风带来了气温的大幅度下降，天气渐寒。霜降节气早晚天气较冷，中午则比较热，昼夜温差大，秋燥明显。传说有一位掌管霜雪的青女（后称降霜仙女），每逢九月十四日都要来到人间，在青要山（位于今河南省洛阳市新安县西北部）顶峰上，手抚七弦琴，清音徐出，霜花便飘然而下，在冬天来临之前，涤荡世间的一切不洁。

河套四季

草木黄

繁华落

霜很美，深秋时节的霜叫早霜，是从天气逐渐转冷的霜降时节开始出现的，而春天出现的最后一次霜被称为晚霜，可见霜伴随着天地从深秋走向冬季，从冬季走向春季，经历了三个季节，特别是北方地区有霜的时间更长。古人把秋季出现的第一次霜也称作"菊花霜"，因为此时正是菊花开放的时候，有"霜打菊花开"之说，所以登高山、赏菊花，也就成为霜降这一节令的雅事。南朝梁代吴均的《续齐谐记》上有记载："霜降之时，唯此草盛茂。"因此菊被古人视为"候时之草"，成为生命力的象征。我国很多地区会在霜降时节举办菊花会，赏菊饮酒，表现出对菊花的崇敬和喜爱。诗人把秋菊也称作芙蓉，如北宋诗人苏轼咏秋菊的名句："千林扫作一番黄，只有芙蓉独自芳。"

霜降节气的三候：初候豺乃祭兽；二候草木黄落；三候蛰虫咸俯。

"初候豺乃祭兽"，古人曰："飞者形小而杀气方萌，季秋豺祭兽，走者形大而杀气乃盛也。"凶猛的豺狼在这个节气为冬储食物开始大肆猎杀动物，它们把捕获的猎物陈列后再食用。正如处暑初候的"鹰乃祭鸟"一样先敬再食，尽管有着浓烈的肃杀之气，却似乎也有些敬畏上苍之心。豺狼祭兽的残酷、花草的凋零、萧瑟的秋风不免让人们的心情也

绚烂之秋

有了些许悲凉和沉郁。河套四季分明的变化或许造就了人们粗犷的性格和丰富的情感。"二候草木黄落",此时大地的草木经过秋霜的淬炼,红得艳丽,黄得灿烂,秋风吹过秋叶遍地,天地间变得色彩浓烈而美不胜收。这种美不仅是浓烈的,还是凝滞的,它不同于春花的柔美,没有夏花的热烈,却是生命最后的静美,犹如阴山上冷峻的青石,向人们展示着生命的硬度和坚韧。"三候蛰虫咸俯",《月令七十二候集解》中曰:"咸,皆也;俯,垂头也。此时寒气肃凛,虫皆垂头而不食矣。"到了霜降三候时节,深秋的阴冷凛冽使小虫子都把头低垂下去,不再吃东西了,这是蛰伏冬藏的开始。

随着霜降的结束,绚烂迷人的秋天也画上了完美的句号。"轻轻的我走了,正如我轻轻的来;我轻轻的招手,作别西天的云彩。"再见,浓烈艳丽的秋天!

冬

冬

微信扫码
四时之音
四时画卷
节气解码
天赋河套

河套的冬天

　　河套的冬天，没有了春天的和煦温暖，没有了夏天的繁华浓烈，没有了秋天的绚烂绮丽，河套的冬天是沉寂的、单调的、宁静的，是黄土地休养生息的静默，是万物归零的静止，是生命聚力的静美。

　　河套的冬天，天地间苍茫一片，是一年中色彩最暗淡的季节。白色的积雪，还有地面上、河面上那发硬的冰霜；灰色的树干，还有那远方的阴山和头顶的天空。偶尔间，天空也会变蓝，只要变蓝那就是深邃的湛蓝，蓝得干净，蓝得通透，蓝得明亮，美丽极了。

　　河套的冬天，最冷也最暖。冷的是外面，北风怒号，大雪封门。正如柳宗元所写的"千山鸟飞绝，万径人踪灭"，让人看着文字都会感觉后背冷丝丝的，而李白的"燕山雪花大如席，片片吹落轩辕台"更是把狂风暴雪、塞外寒苦写到了极致。正因为外面的严寒，走进家门，更显得温暖和惬意，红泥小火炉，一室生春。一家人和睦相处，敬老爱幼，其乐融融。寒冷的是天气，温暖的则是心境。

河套的冬天具有明显的北方特征，它没有东北地区的极端严寒，也少有大西北地区的飞沙走石，这里气候分明、冷热均匀，既有黄河的封冻，也有蜡梅的绽放，还有雪花的飞舞。

风吹叶落尽，寒积雪片飞。在冬天里的河套，雪是当仁不让的主角。随着气温的下降，朔风吹送着阵阵寒意，寒气凝而为雪，雪花飘落了，伴着孩童们的欢笑在天空中翩翩起舞，是那么的纯洁和美丽。雪花的飘落给大地带来了神奇的美，雪花落在阴山上，山脉仿佛穿上厚厚的棉衣服而变得温暖了；雪花落在大地上，大地变得柔和而生机勃勃了；雪花落在河面上，河面便如玉带般晶莹剔透……每一片飞雪，都是内心的波澜起伏，是生命涌动的欲放还收。河套大地在片片雪花的装点下，冲淡了寒冷的苦闷，冲淡了严冬的寂寞，带来了冬天独特的生命底色，带来了冬天独特的优雅魅力，带来了冬天独特的圣洁美好。

小雪过后，河套的农民早早就开始为春节做准备了，清扫环境，采购物品，宰羊杀猪，好不热闹。这里的农民把杀猪变成了一个节日，一个庆贺一年丰收的美食节，把寒冷寂静的严冬弄得红红火火。

杀猪这天，提前联系好的专业屠夫一大早就开始工作了，他们干起活儿来干净又利索，很快就把养了一年的肥猪分解开来，然后把二三十斤的槽头肉割下来交给主家，这就是今天中午招待亲朋的主要食材了。主家将槽头肉拿回去切成一指多宽、两寸见方的肉块，然后放入大锅里开始拦炒，火要用木柴烧，硬木最佳，如此肉的味道才更香。拦炒要有耐心，因为时间长了才能把肥肉里的油煞出来，肉才肥而不腻更好吃，可以说这是在考验主人的做饭水平。然后放入葱、姜、蒜等调料以及洗净切好的大块土豆和秋天腌制好的河套地区独特的酸白菜，在最上面铺上一层宽粉条，加些水后盖上锅盖，经过两个多小时的温火慢炖，一大锅香味四溢的猪肉烩酸菜就可以出锅了。这锅菜不仅美味可口，更是包含着浓浓的亲情和乡愁，难怪这一天生活工作在城里的儿女们都要想尽办法约上好友亲朋，驱车回来共同庆祝丰收，品尝美味。烩菜期间，客厅里早已摆上各式凉盘，亲朋好友们已经开始频频举杯，猜拳行令，谈笑风生，情谊浓浓，热气腾腾，将一年来收获的满足和喜悦推向了高潮。

河套农家的杀猪菜，不仅是一道历史悠久的美食，也是河套文化不可或缺的组成部分，成为寒冬里一道难得的风景。多少年来，这道美食滋润着一代又一代河套儿女，牵动着无数漂泊四方游子们的乡愁。

光阴荏苒，日月如梭。忙碌的一年在迎春的氛围里很快就过去了，公历率先进入了新的一年，河套大地的寒冷依然浓厚。可是，寒冷抵挡不住春天讯息的传递。你看，那腊梅枝头，点点花蕾已在严冬中悄然挺立，只待那绽放时刻的来临！你听，那黄河冰面下，滚滚流水已在冰封中冲击着，发出汩汩的涌动声，是多么的奇妙而美好。这是冷与热、刚与柔的并存和交融；这是由热至冷，由繁华到宁静的转变；这是季节的转换，是期盼新生命的欢喜。

这时的河套大地也开始了迎接鸿雁归乡的准备……

立冬

枫叶飘零秋色残,
梅雪漫舞恋冬寒。
窗临冷霜稀疏月,
笔耕不倦半刻闲。

水始冰，万物藏

醉人的秋季还没来得及细品，转眼间时光已进入了冬季。立冬是冬季的第一个节气，在太阳到达黄经225度、公历的11月7日至8日之间交节。《月令七十二候集解》中曰："立冬，十月节。冬，终也，万物收藏也。"在古代传统文化中，"立"是开始的意思，"冬"是终了的意思，"立冬"，一始一终：冬季开始，万物之终。这时，田野里生长的农作物已经被收割殆尽，该销售的农产品大部分也销售完了，人们把生存生活必需的物资贮藏了起来，"粮入仓，菜入窖"。多少年来，河套地区家家户户都有贮藏大白菜和土豆的习惯，它们是整个冬季的主要蔬菜。此时，天地间生养的万物要安静地休息了，动物藏了起来准备冬眠，人们也尽

河套四季

风吹四野

冰冷之美

量躲避寒冷,进入有取暖设施的温暖环境里去生活和工作。唐代立冬时节的李白在干什么呢?"冻笔新诗懒写,寒炉美酒时温。醉看墨花月白,恍疑雪满前村。"可见寒冷的冬日也阻挡不了诗仙的随性和洒脱。

立冬与立春、立夏、立秋合称"四立",是一年之中最重要的节气之一,具有与众不同的地位。古时,它不仅是一个节气,还是一个节日,而且是一个特别的节日。在这一天,天子要率领大臣们出郊举行迎冬之礼,并有赐群臣寒衣、矜孤恤寡之制。而在北方的民间,也有"十月朔""秦岁首""寒衣节""丰收节"等庆祝立冬的习俗。即使如今,北方还有不少地方用隆重的仪式来过"立冬节",许多家庭在这一天都要吃饺子,祈求未来漫漫冬日的平安。不过,立冬毕竟才是冬季的开始,河套地区才"水始冰,地始冻",草木虽然枯萎了,可天气还不太冷,"细雨生寒未有霜,庭前木叶半青黄",此时天空澄明,空气清爽,远山青黛,适合人们外出游玩。

立冬节气的三候:初候水始冰;二候地始冻;三候雉入大水为蜃。

冬季刚刚开始,此时的天地没有一下子把人们带进冰天雪地、万物枯萎之中,而是温和的、缓缓的,仿佛是情意绵绵的。正如明代王稚登《立冬》中所描绘的："秋风吹尽旧庭柯，黄叶丹枫客里过。一点禅灯半轮月，今宵寒较昨宵多。"由于气温的逐渐下降，水因寒而结为冰，土气凝寒也开始冻结，天空中也不见了野鸡一类的大鸟。古人以为立冬后雉就变成蛤蜊躲进海水里了，这是多么浪漫的说法，而现实中的禽鸟在立冬节气后便南迁，或者藏到温暖的地方避寒去了。

  河水的结冰、大地的封冻，使天地间有了不同的硬度和质感。人们在这样的环境中可以静下心来，抬头遥望蓝天，让初冬的美景，荡涤你的心灵；让初冬的问候，抚去你的忧愁。一阵微风，捎回了一份相思；一句惦念，唤起了一片深情。让心灵有所依靠，让情感有处释放，这又何尝不是一种幸福？此时的你也可以静下心来，好好总结思考一下过去，认真谋划憧憬一下未来，让生活过得更加充实，让未来更加充满希望！

小雪

炊烟隐约塞上天,
初雪飞花自翩跹。
黄菊散尽无颜色,
雀鸟戏闹干枝间。

初雪飘落，天地清雅

每年公历11月22日至23日，太阳到达黄经240度时为小雪。《月令七十二候集解》中曰："十月中，雨下而为寒气所薄，故凝而为雪。小者未盛之辞。"这个时期天气逐渐变冷，黄河中下游平均初雪期基本与小雪节令一致，寒气凝而为雪。虽然开始下雪了，但这时的雪量较小，而且夜冻昼化。古籍《群芳谱》中说："小雪气寒而将雪矣，地寒未甚而雪未大也。"意思是说到了小雪时节，天气寒冷，降水形式由雨变成了雪，可此时"地寒未甚"，雪下的次数少，雪量也不大。北方地区的气温在继续走低，陆续进入了冬季。

河套地区境内三十多公里长的黄河段进入了凌汛期，这是地处较高纬度地区河流特有的水文现象。这里的河道自上

河套四季

坚韧

晶莹

而下呈"几"字形，从宁夏至内蒙古河段为低纬度流向高纬度，当气温降至零摄氏度以下，水温也到达零度，河水表面开始结冰，产生冰花。冰花随着水流逐渐凝结成冰花团或小冰块，顺河漂移而下，俗称"流凌"。近些年来，由于温室效应等，这里的气温逐渐增高，冬季寒冷的时间一年比一年晚、短，黄河流凌时间也在不断往后推迟。

进入小雪节气，河套地区的果农开始进行果树修剪，目的是尽量减少树干内水分的流失，并用草秸把树干包起来，以防果树受冻。秋浇后的耕地此时也冻结了，这极有利于土壤保墒，为来年的农业生产积蓄力量。

雪花的飞落，使清冷的天地有了一种神奇的美，似乎变得超凡脱俗了。雪花落在地面凋零的枯叶上，枯叶便玲珑滋润起来；雪花落在树枝上，树枝便如花朵盛开般生机勃勃；雪花落在池塘残败的荷叶上，荷叶便精神抖擞、晶莹剔透了。世间的万物在雪花的点染中，蓦然冲淡了寒冬的悲苦，带来了初冬的欢欣，赋予了冬天独有的生命底色和魅力，令人赏心悦目。"小"有聚合、收藏之意，"雪"有滋养、润泽之意，河套农民对雪在这个节气得应时而至给予了纯朴的期盼："小雪雪满天，来年必丰年。"

小雪节气的三候：初候虹藏不见；二候天气上升地气

下降；三候闭塞而成冬。小雪寒气凝而为雪，天上便不再下雨，自然就没有了彩虹，这生动地道出了天地气候状态的本质变化。小雪时节的热气向上走了，奔着高高的天空越升越远，冷气向下来了，深深地沉降到大地里。天地处于无声之中，生命的状态发生着变化。到了小雪三候时节，冬天的寒气日渐浓烈，万物凋零之态尽显，生命的气息逐渐沉寂，所以古人称之为"闭塞而成冬"。

独特的小雪、美好的小雪，雪花纷飞于天空，净化着空气；雪花飘向大地，呵护着田野，给人们带来了非同寻常的美感与力量！小雪漫天飞舞的时候也在滋润着人们的心灵，启迪我们：一定要学会认识自己，找到自己的定位，认真做好自己，如此才能像飘逸的雪片一样，自由自在地飞翔，潇洒地绽放自我。

大雪

大雪当日,河套大雪。雪飘如絮,天地难辨。围桌而饮,感赋天地。

大雪弥漫天地连,
冰封深处小鱼闲。
一剪寒梅迎风立,
万般雅韵胜天仙。

河套四季

千里冰封，万里雪飘

千山鸟飞绝，万径人踪灭。

孤舟蓑笠翁，独钓寒江雪。

——唐·柳宗元《江雪》

每年公历12月6日至8日之间，太阳运行到黄经255度时，即为大雪节气。《月令七十二候集解》中曰："大雪，十一月节，至此而雪盛矣。"这个节气的到来，意味着真正的严寒开始了，气温显著下降，零摄氏度以下的气温成为北方地区的常态，风大了，雪多了，整个河套地区进入了北风怒吼、雪片纷飞、雾凇满枝、银装素裹的冰雪世界。正如诗人李白在《北风行》中所描述的："日月照之何不及此？惟有

河套四季

雪盖四野

北风号怒天上来。燕山雪花大如席,片片吹落轩辕台。"

俗话说:"小雪封地,大雪封河。"河套地区境内的黄河段由流凌进入了封冻。封冻时一望无际、白茫茫的移动冰块,发出清脆的碰撞声,有时厚厚的大冰块甚至会碰撞出震耳欲聋的声响,随着声响循去,你会看到冰面上耸立起高高的冰柱,场面蔚为壮观,摄人心魄。黄河封冻这一独特的现象也成了河套地区这个时节特有的景观,每年都会吸引大量外地游客前来观赏。

大雪时节的河套大地飞雪漫天,给人们带来了最丰富的诗情画意。原野、林间、河面、山峦,雪花飘落处,都充满洁净纯真的美,充满祥和静穆的美,充满波澜起伏、生命涌动的美。冬之静是生命之静,是生命在一个自然轮回往复中积聚能量、蓄势待发的静,静中有动,静极而动。

大雪节气的三候:初候鹖鴠不鸣;二候虎始交;三候荔挺出。

《礼记·月令》中记载:"冰益壮,地始坼,鹖鴠不鸣。"古人所讲鹖鴠,亦作"鹖旦",又名寒号鸟。寒号鸟其实并不是鸟类,而是一种叫作复齿鼯鼠的哺乳生物,其粪便可以入药。因其生性怕冷,却又不筑巢,一到冬天就日夜叫个不停,故名寒号鸟。大雪时节气温下降明显,日夜叫唤的寒号鸟因为感受到一年中阴气最盛的时节到来,深藏于洞中不再鸣叫。到了大雪二候,百兽之王的老虎已经率先感受到阳气的萌生,开始求偶交配了,老虎在发情时的吼声异常洪亮,传播距离可达两千多米,在严寒静寂的雪林之中,传出如此巨大的声响,恰似无声处的惊雷一般,激荡出生命原始的、粗犷而蓬勃的呼喊。虎虽凶悍却非常敏感,它们呈现出旺盛如火的精力、奔腾似风的气势,给严冬带来了生机,虎啸阵阵、虎吟声声,撕裂了沉寂冰冷的寒冬,以其强悍、威严、阳光之美,展示了对生命的礼赞。大雪三候的"荔挺出"相比二候则更具感染力。"荔"是一种香草,也就是马兰花,兰草的一种。比起虎的强悍和勇猛,"荔"这种植物是弱小的、柔软的,但对于冰天雪地中微弱阳气的萌动,其同样敏锐,同样勇敢,同样争先。寒冬里,如此强大勃发的生命力,还有强弱、高下之分吗?尽管此时寒冷的天气仍然垄断着整个自然界,可老虎和兰草却率先萌发出了的新生的力量,那是多么神奇的力量!那是生命的力量,是走向春天的力量,是勇敢无畏的力量。

大雪时节,苍茫大地,萧瑟人间。人们关门闭窗、足不出户,唯有蓑笠翁,独钓寒江雪!

冬至

时到冬至,寒风萧瑟。黄河流凌,鸟尽归巢。足不出户,感发而赋。

冬至数九寒夜长,

河流玉凌白茫茫。

偶闻一声飞鸟叫,

三人闺中恋度娘。

通达天地，遥望春天

每年公历的12月22日至23日，当太阳运行到黄经270度，到达冬至点。《月令七十二候集解》中说："冬至，十一月中。终藏之气至此而极也。"冬至，俗称"冬节""长至节""亚岁"等，既是二十四节气中的一个重要节气，也是中华民族的一个传统节日。在古代民间就有"冬至大如年"的说法，漂泊在外的人们到了这个时节都要回家过节，所谓"年终有所归宿"，如同我们今天回家过春节一样。乡愁是中国人自古以来形成的一种特有的情结，源远流长，正如唐代现实主义诗人白居易的《冬至夜思家》所说："邯郸驿里逢冬至，抱膝灯前影伴身。想得家中夜深坐，还应说着远行人。"

冬至在中国古代的地位很高，是二十四节气中最早测定出的一个节气，迄今已经有2500年以上的历史。在整个周朝，乃至秦朝，都把冬至当作一年的开始，直到汉武帝采用夏历，定正月为岁首，把正月和冬至分开，才有了我们今天的春节。

每到冬至这个节气，北方人都有吃饺子的习俗，俗话说："冬至不端饺子碗，冻掉耳朵没人管。"在20世纪物资匮乏的年代，能吃上一顿饺子可以说是一件非常奢侈的事情，一般家庭往往只有在过节的时候，比如一年一度的春节才舍得买些猪肉、包顿饺子，改善一下生活。因为冬至是一年中少有的能够吃上饺子的日子，它便成了少年儿童十分期待的一个节气。随着社会的飞速发展，今天已经没有什么值得人们期待的食品了，而冬至吃饺子的习俗却一直延续着，而且饺子的品种也更加丰富。河套人是非常善于做美食的，能把饺子做得五花八门。猪肉馅儿饺子有猪肉茴香、猪肉白菜、猪肉西葫芦等等；羊肉馅饺子有羊肉大葱、羊肉白菜、羊肉胡萝卜等等；牛肉馅饺子有牛肉洋葱、牛肉白菜、牛肉芹菜等等，当然也有不少人喜欢吃纯肉馅的。烹饪也有蒸、煮和油煎等多种方式，味道各有所长。饺子成了河套人平时的一道美食，而且大街小巷都有饺子馆，人们随时随地都可

河套四季

欢聚

冰封长河

以吃上美味的饺子了。

冬至这天，阳光几乎直射南回归线，日影最长，北半球白昼最短、黑夜最长。冬至以后，太阳将转头一路向北，阳光的照射与白昼的时间将一天天增加，阳光将渐行渐强，生命的活动也将开始缓缓地由衰转盛、由静转动了。而河套地区进入了一年中最寒冷的阶段，也就是人们常说的"数九寒天"了，从一九数到九九，冬寒才会变成春暖。此时的黄河完全封冻在了厚厚的冰雪下面，缺少了往日奔腾咆哮的壮观，完全进入了沉默时期，仿佛是一条银白色的长龙横卧在河套大地上，让人们感受到了浓郁的寒冬气息。

冬至节气的三候：初候蚯蚓结；二候麋角解；三候水泉动。意思是说，冬至时节，土地里面的蚯蚓也被冻得蜷缩起了身体。到了"一九"，开始了最冷时期，麋感受到了阳气的生发，开始掉角。还记得夏至初候的"鹿角解"吧，麋与鹿同科，对气温变化的反应正好相反。由此可见，夏至、冬至都是气温大转换的开始，这种转换和相互交接，本应该是惊天动地、显而易见的，可我们在现实中却很难察觉到，阳气的来临并未减少一丝严寒，人们仍然体会着户外刺骨的寒风和冰冷的寒冻，阳气需要经历至寒的考验，需要漫长的努力，顽强的抗争，需要经过小寒、大寒之后方能登上自己的舞台，迎来明媚的春色。聪慧的古人用一个美丽的现象——"水泉动"，来向人们展现寒冬里的喜悦，此时深埋于地底的水泉，也开始萌发而温热地流动了起来。

听！那山泉叮咚流动的声音，那河水在坚冰下涌动的声音，在这漫天的飞雪和满眼的萧瑟里，是多么美妙动听的音乐，这音乐抗击冰冷的寒冬，直达人们的心灵，击荡万物的生命。这是多么奇妙而美好！

水泉开始涌动了，春天还会远吗？

小寒

晓日初长,寒气料峭,
小酌兴起,赋诗共赏。

大雪辞程随风远,
冰石愈深出小寒。
正是烹茶煮酒时,
蜡梅报春已争先。

寒气潇潇，春意悄悄

小寒连大吕，欢鹊垒新巢。

拾食寻河曲，衔柴绕树梢。

霜鹰近北首，雉雊隐丛茅。

莫怪严凝切，春冬正月交。

——唐·元稹《咏廿四气诗·小寒十二月节》

小寒是冬季的第五个节气，斗指子，太阳到达黄经285度，于每年公历的1月5日至7日交节。日历已经走入新的一年，但是尚未进入农历新年，对于北方地区而言，这是春节在望却又最为严寒的一段时间。《月令七十二候集解》中曰："小寒，十二月节。月初寒尚小，故云。""月初寒尚

河套四季

收获

净美

小"的说法在今天已无从考证，而现在的实际情况是，冷气积久而寒，小寒其实并不小。中国的气象资料记载，小寒是北方气温最低的节气，只有少数年份的大寒气温是低于小寒的，因此民间有"小寒胜大寒"之说。

小寒是反映气温变化的一个节气，此时正值"三九"严寒天气，太阳直射还在南半球，北半球的热量还处于散失状态，白天吸收的热量远远少于夜晚释放的热量。因此，北方的气温还在持续降低，土壤深层的热量也已消耗殆尽，于是便出现了"小寒时处二三九，天寒地冻冷到抖""三九四九冻死老狗"的全年最低气温体验。

小寒时节的河套地区，没有了浓郁的色彩，这个时候走向郊外，景色是独特的：山是褐色的，林是土色的，大地是灰色的，或者说这些都是没有色彩的，大地上的一切都静静地绵延在苍穹之下。刺骨的寒风侵蚀着行人的脸庞隐隐作痛，外露的双手也有冻僵的感觉。可是，这种至寒至冷的时节却并不让人感到压抑，天虽冷却显得格外蓝而清；地虽冷却显得格外硬而白；树枝虽冷却显得格外静寂而干净。一切充满了清朗之气，是寒中之美，是萧瑟之美，是万物蕴含的新生之美！

河套的冬季是一个漫长而休闲的时段，然而勤劳的河套人是闲不住的。进入小寒后，传统而古老的冬捕是男人们的最爱，河套地区大大小小三百多个湖泊成了人们的好去处。冬捕由祭湖、醒网、壮行等仪式组成，随着鱼把头一声吆喝，众渔工一起发力，四五米宽的大网裹着湖鱼，从冰冻口被缓缓拉出湖面，鲜活而肥大的鲤鱼、草鱼、鲢鱼在渔网里蹦跳着，围观群众发出阵阵欢呼声，鱼跃人欢，大家共同分享这收获的喜悦，随后人们开始争相购买。河套地区过年家家户户都是要吃鱼的，为的是讨个"年年有余"的吉祥，而这天然的湖鱼就成了餐桌上必不可少的美味了。湖面上，这边捕鱼红火热闹，那边孩子玩耍得开心快乐。河套地区的冰雪运动不知从什么时候已经悄然兴起，孩子们嬉闹，大人们欢笑，处处充满冰雪情趣，人们雅兴盎然、激情飞扬，让寒冷寂静的冬天变得生动、活泼起来。

小寒节气的三候：初候雁北乡；二候鹊始巢；三候雉始雊。大雁似乎感知到了天地气息的变化，开始飞往北方家乡的遥远旅程。随着阳气的生发，吉祥之鸟喜鹊也开始为新年的到来修筑巢穴。雌雄的雉鸟也在阳光的照耀下一起鸣叫，春意在鸟儿们的跳跃和飞翔中悄悄地萌发了。

"莫怪严凝切，春冬正月交。"你看！在寒冬的凝重中萌生着春的明快，春天正向我们走来。小寒正是冬与春交替、寒冷与温暖重叠的关键时节。河套地区的百姓早已经按捺不住迎接春天的兴奋心情了，"寒冬腊月盼新年"，进入腊月，人们开始了迎接新春的准备。"小寒忙买办，大寒贺新年"，人们杀猪宰羊、大扫除、买新衣、办年货、写春联……为全家人的新春团聚忙碌着、准备着。人们迎接新春的忙碌和喜庆也在冲淡着冬日的严寒，荡涤着冬日的沉郁，一切都指向中国人最温暖、最牵挂的那个"家"。多少游子在准备着归乡的行囊，多少父母在按捺着亲人相聚的兴奋，多少儿女把寒冬时节变成了通向温暖、实现希望、寄托亲情的时光隧道。浓浓的烟火味，浓浓的生活气息，浓浓的生命底色，让寒冬变得温暖了起来！

大寒

腊月过半大寒来,
冬春交岁梅花开。
亲朋纵饮年味足,
孙儿绕膝悦心怀。

寒极迎春，四季落幕

天寒色青苍，北风叫枯桑。

厚冰无裂文，短日有冷光。

敲石不得火，壮阴正夺阳。

调苦竟何言，冻吟成此章。

——唐·孟郊《苦寒吟》

大寒是二十四节气中的最后一个节气，每年公历1月20日至21日、太阳到达黄经300度时为大寒。《授时通考·天时》中解释道："大寒为中者，上形于小寒，故谓之大……寒气之逆极，故谓大寒。"极言大寒之冷。这个节气正处在三九、四九时段，这期间寒潮南下频繁，是一年中最寒冷的时期，也是一年中雨水最少的时期。民谚云："小寒大寒，无风自寒。"此时北方地区北风不断、积雪不化，呈现出一片天寒地冻的萧瑟景象，可这却又是一个生机潜伏、万物蛰藏的时节。

腊八节正处于大寒时节，是流行于我国北方地区的重要节日，这个节日的习俗是吃腊八粥。腊八粥，又称"七宝五味粥""福德粥""佛粥"等。腊八节这天吃腊八粥的来历与佛教有关，南宋吴自牧所撰《梦粱录》载："此月八日，寺院谓之'腊八'。大刹等寺，俱设五味粥，名曰腊八粥。"清代苏州文人李福有诗云："腊月八日粥，传自梵王国。七宝美调和，五味香掺入。"现在北方地区的许多家庭在腊八节这天也要做腊八粥。做腊八粥需要在前一天晚上把豆子浸泡好，第二天一大早，把各种米、豆以及红枣、葡萄干等食材洗净放入电饭锅里焖煮，一个多小时后，平时不起眼的五谷杂粮便成了人间美味。

北方地区有"小孩小孩你别馋，过了腊八就是年"之说，意思是过了腊八就意味着拉开了过年的序幕。

寒冬逐渐离去，新春即将到来，人们即将迎来新一年四季的轮回。春节恰在立春前后，大寒一到各地的年味渐浓，河套地区有"大寒迎年"的风俗习惯。这期间，到处充满

河套四季

冬日的浪漫

远方的呼唤

了喜悦与欢乐的气氛，人们怀着期盼的心情不断奔波、忙碌着：有的人为归乡团聚忙碌着，有的人为迎接儿女回家忙碌着，有的人为孝敬老人忙碌着。大家忙着除旧布新，忙着置办年货，忙着准备美食。

河套地区的老百姓过年"吃"是第一位的，也是最讲究的。在春节前人们不仅要做一些麻花、点心等食品用来招待客人，更要提前准备一些菜品过年食用，其中河套"硬四盘"是家家户户必须准备的，这是大年三十年夜饭的压轴菜！所谓河套"硬四盘"，是一道以肉为主料而各具特色的美味佳肴，通常是指红烧扒肉条、香酥鸡、清蒸羊肉、牛肉丸子四道菜的统称。它们的制作分别以河套农家自养的猪肉、鸡肉、羊肉、牛肉为主料，再加上鸡蛋、淀粉等十余种调味品，经过煮、蒸、炸等七八道工序制作而成。四盘菜的食材不同、做工不同，味道更是各有千秋，让人吃得欲罢不能，肚饱眼不饱。许多外地客人第一次品尝后总有一种"油尽绵香软又烂，吃上一顿没解馋"的感觉。不知从什么时候开始，这道菜从寻常百姓家走进了高大上的宾馆饭店，成了款待亲朋好友的一道上档次的"硬"菜，人们也往往都是赞不绝口。如今，这道菜也成了宣传河套地区响当当的特色美食品牌。

大寒时节的三候：初候鸡始乳；二候征鸟厉疾；三候水泽腹坚。到了这一时节，母鸡开始孵育小鸡了，在寒冬腊月里孕育生命，这是多么重要的物候现象，在新生命的孵化中，人们翘首以待的春天即将到来。此时，鹰隼那样具有很强猎杀能力的猛禽，也开始在高空中飞翔，寻找猎物了。鹰的出现给天地间带来了生命的活力，雄浑、刚劲的苍鹰搏击长空，给人们迎接新的一年增添了强劲的力量和信心！同时，河套境内黄河冻结的冰层也达到了最厚的程度，河水深处都冻得结结实实。这似乎是在提醒人们迎接春暖还需要沉住气，需要静下心来，正所谓："莫谓春弦动，冬阴犹盛值。天地存冰封，春来尚待时。"

在这坚韧厚重、宏大磅礴的氛围中，寒冬渐渐离去，四季慢慢谢幕。崭新的春天、崭新的四季、崭新的一年更值得我们期待！

期待河套大地更加美丽，期待河套平原更加壮阔，期待河套人民的生活更加幸福美好！无论时光停留在什么季节，你都是那么的神奇，那么的迷人，让我们深深眷恋，铭记于心——

巍巍阴山傲立天边

河套四季

滔滔黄河天地相连

纳林湖水清秀缠绵

乌梁素海绰约万千

啊，多么迷人的地方

神奇的河套平原

农耕文化珍藏着多少思念

长笛悠扬回荡在熟悉的河弯

啊，迷人的地方

让我们忘返流连

鸿雁起舞翱翔蓝天

农耕岩刻讲述着从前

麦浪滚滚天际相连

绿满田园孕育着丰年

啊，多么向往的地方

神奇的河套平原

人们说今生有些相见恨晚

哪怕来世也要把你再仔细读遍

啊，难忘的故乡

有我深深的眷恋

后记

经过三年多的精心筹备和写作,《河套四季》这本书现在终于付梓与大家见面了。

在此,首先要感谢我的家人,特别是我的妻子和儿子在我的写作过程中给予我极大的支持和帮助。书中的每一首诗词、每一篇文章他们俩都是第一读者,而且是非常苛刻的读者,他们对我写作的要求很高,提出了许多宝贵的意见和建议,为文章的改进提供了非常大的帮助。正是在他俩的不断鼓励下,这本书才能得以完成。这本书的写作本身也是一个循序渐进的过程,注定是一场马拉松式的体验,我起初只是兴趣使然,在每个节气的十五天时间里通过留心观察河套地区的自然景象及其变化,用诗词的形式来抒发自己对大自然的热爱之情和对家乡的感怀之心,后来在家人的积极鼓励和鞭策下，才得以坚持下来。不断的观察写作，使我在工作之余的生活变得更加充实和丰富。

其次，要感谢巴彦淖尔市和临河区两级宣传部和文联的大力支持和肯定，在我写作的过程中，他们精选其中的部分文章刊登在《河套文学》《河套艺术》《巴彦淖尔日报》《临河文艺》等报刊上，让我更加有信心不断地写下去，文章的发表对一个业余作者来说是多么大的支持和鼓励！

最后，还要感谢远方出版社的编辑同志们，是他们辛苦的付出，才使得这些文字呈现在读者眼前。书中的部分照片来自何承刚、王小军、杨利忠、赵军的友情提供，在这里要送上我真诚的感谢。同时也要感谢当今世界高速发展的互联网，使查阅参考一些基础资料和信息变得如此方便快捷。

由于本人知识水平所限，观察事物还欠细致，认识分析不够深刻，归纳总结不够全面，特别是诗词的创作水平很有限，在一些地方仍需要进一步提升，书中存在不足甚至错误在所难免，望广大读者批评指正。

作者

2024年3月